Andro, streng geheim
Emotionen und andere Störfaktoren

安德鲁的高度机密

② 情感模块

〔德〕凯·潘南(Kai Pannen) 著
〔德〕玛丽克耶·沃格勒(Mareikje Vogler) 绘
任春静 译

第二册

中国出版集团
中译出版社

著作权合同登记号：图字 01-2023-0150 号

Title of the original German Edition: Andro, streng geheim! Emotionen und andere Störfaktoren (Vol. 2) © 2022 Loewe Verlag GmbH, Bindlach
Simplified Chinese translation copyright © 2023 by China Translation & Publishing House
ALL RIGHTS RESERVED

图书在版编目（CIP）数据

情感模块 /（德）凯·潘南著；（德）玛丽克耶·沃格勒绘；任春静译 . -- 北京：中译出版社，2023.9
（安德鲁的高度机密）
ISBN 978-7-5001-7428-8

Ⅰ . ①情… Ⅱ . ①凯… ②玛… ③任… Ⅲ . ①儿童小说—中篇小说—德国—现代 Ⅳ . ① I516.84

中国国家版本馆 CIP 数据核字 (2023) 第 099839 号

情感模块
QINGGAN MOKUAI

策划编辑：胡婧尔　张婷婷
责任编辑：刘育红
营销编辑：李珊珊
版权支持：陈　卓

出版发行：中译出版社
地　　址：北京市西城区新街口外大街 28 号普天德胜大厦主楼 4 层
电　　话：（010）68359827，68359303（发行部）；（010）68002876（编辑部）
邮　　编：100088
电子邮箱：book@ctph.com.cn
网　　址：http://www.ctph.com.cn

印　　刷：北京博海升彩色印刷有限公司
经　　销：新华书店
规　　格：880 毫米 ×1230 毫米　1/32
印　　张：6.25
字　　数：88 千字
版　　次：2023 年 9 月第 1 版
印　　次：2023 年 9 月第 1 次

ISBN 978-7-5001-7428-8　　　　定价：46.00 元

版权所有　侵权必究
中　译　出　版　社

目 录

要断电了！……………………………………1
新来的女教师……………………………13
诺伊曼"一家"……………………………21
死去的仓鼠…………………………………31
那个隐蔽的地方…………………………43
情感模块……………………………………55
"情感版"的安德鲁………………………63
在情感的魔力下…………………………81
礼物让友情保鲜…………………………95
家长会………………………………………103
苏菲的补习课……………………………121
虚荣心与怒气……………………………133
背叛…………………………………………145
计划…………………………………………161
差点儿暴露！……………………………169
买仓鼠………………………………………183

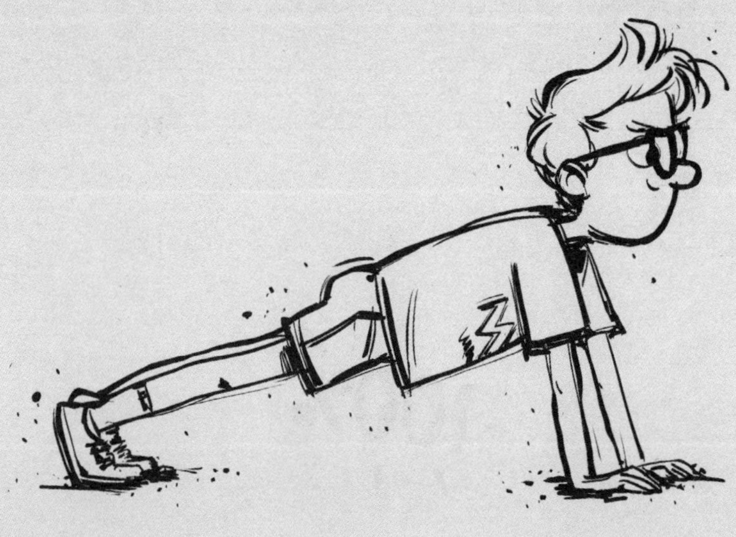

要断电了!

"哔啾，哔啾，哔啾……"

哔啾！

"**好样的**，安德鲁，拉普兰山雀就是这么叫的。"

生物老师海德施尔特·皮蓬布雷克女士高兴得手舞足蹈。**人类**往往借此表达兴奋，因为他们说话常常**拐弯抹角**。

"这听起来太逼真了！"

"真是个书呆子！"我那位脸上总是抹得**花花绿绿**的女同学苏菲在我身后嘀咕："他不但有一只**山雀**，恐怕他自己就是一只山雀吧！"

哇！

啊？

"哔啾，哔啾，哔啾……"我一直这样重复着，但其实我真正想说出口的是："我着急，能出去一会儿吗？"

当然，我不是因为想上厕所，才像其他同学一样急着出去。**没有得到肯定的答复**。我快没电了！我的建造师，哦不，纠正，我的爸爸妈妈安装在我身上的这个电池简直就跟废品一样。

4%

状态：

电量仅剩4%。系统将在3分54秒内自动进入休眠模式。

到时候我就只能在教室里动弹不得，直到有人为我接通**电源**。

状态：

结果：
红色警报！身份即将暴露！

哦哦！

哇噻！

一旦被他们发现我不是人类，我的**任务**就失败了。

我的**警报信号**反复响起，这声音又凑巧和山雀的叫声一样："哔啾，哔啾，哔啾……"

哔啾！

哔啾！

"谢谢你，**安德鲁**。你学得非常像，但是现在我们要讨论的是苍头燕雀。"海德施尔特·皮蓬布雷克女士说。

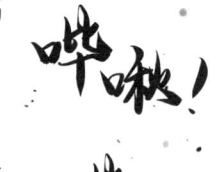

嘻嘻！ 莱昂在一旁看着我，偷偷笑个不停。

"哔啾，哔啾，哔啾。"

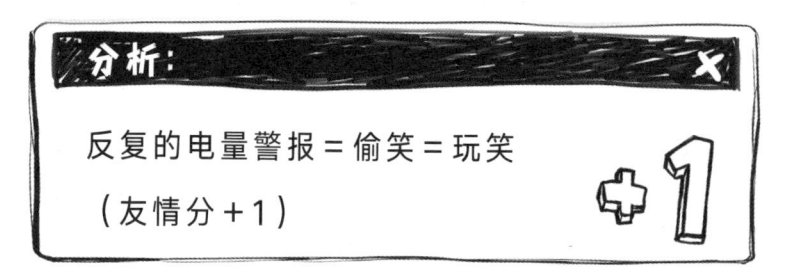

> **分析：**
>
> 反复的电量警报＝偷笑＝玩笑
> （友情分+1）
>
> +1

这一次，全班都大笑起来**（友情分 + 21）**，而海德施尔特·皮蓬布雷克女士看起来却没有刚才那么满意了。

+21

哔啾！
哔啾！

4

"安德鲁,再这么继续闹就**不好玩了**!"

"哔啾,哔啾,哔啾。"

"再有下一次,就请你出去!"

线路中断和电量枯竭——我的机会来了。只剩2%的电量了!

"哔啾,哔啾,哔啾。"

"够了!请你马上离开教室!"原来这个报警系统也是有好处的,如果不考虑因此丢掉的那**12个友情分**的话。

走廊上空无一人,我在任何地方都找不到插座,但我感受到了附近**电磁场**的存在。地下室有供电房!在那里,我可以不受干扰地安心充电。

大铁门上有一块黄色底黑边框的警告牌。

对了！

警告牌上写着："**小心！高压电！**"哈！这正是我需要的。

当然，门是锁着的，是一个电子的密码锁，这对我来说不是问题。

我读取了密码，很快就进到了里面。

这样的供电房之于机器人，就像是餐厅之于人类：这里到处都布满了**电缆**、**插座**和**电流表**。真是**美味**！

状态：

电量仅剩1%。

我通过肚脐上的充电口连接电源，很快就感觉到一股**温暖的电流**穿过我的身体。

警报声终于停了下来，我通过**3D 数据眼镜**看着电量进度条缓慢移动着。这真是太慢了。我必须在 11 分 47 秒 内完成充电，因为在那之后就是课间休息时间。只有再来一根充电线才能在限定时间内完成这次充电。这样一来，我嘴里的

快点，快点！

接口也终于派上了用场。那根粗粗的强电力电缆看起来**十分诱人**，实在让人忍不住流口水！

这时，警报再次响起！**电流过大**！**重要**的是我能在1分24秒内充满电，管不了这么多了。突然，"噗呲"一声，所有的灯都熄灭了。由于学校的电网**过载**，**保险丝烧断了**。这时，地下室漆黑一片。我将**3D 感应眼镜**切换到了夜视模式，断开了充电线，二话不说就跳上了地下室的楼梯。刚才的强电力导致我现在无法正常奔跑，我难以控制自己的身体，只能沿着过道**三米一步地往前跳**，同时，我必须注意，不要把头撞到天花板上。

就在这时，机房的门飞一般地被撞开，兰博克先生冲了进来。"**天哪**！偏偏在最重要的关头停电了！我的计算机程序马上就要完成了，现在前功尽弃！"兰博克先生是我的班主任，教数学、体育和信息技术。如果我分析得没错的话，他对我**没有任何好感**。换句话说：他讨厌我！不过我仍然不明白，人类的这种厌恶到底是什么。

对我来说，情感是陌生的，并且它还会经常耗费我大量的友情分。此时，兰博克先生正对我紧咬不放（当**人类**马上要被危险追上时，他们总会这么说），所以我必须时刻小心，不要暴露。

"安德鲁·诺伊曼！又是你！"他在我身后大声叫喊，"现在是上课时间，你在这里干什么？"

我在离他 **1.2 米**的地方停了下来，这并不容易。尽管我尽力克制，但这强大的能量使我**上蹿下跳**。我的**能量场**太强了，以至于老师的头发都竖了起来，连同他的手机也开始震动。

"我和你说话的时候,请你**站**好了!"他扯着嗓门大喊,但同样因为**强大电压的刺激**,他也开始跳了起来。

因为停电,教室里的㊹位学生也想出来看看发生了什么。当看到我们在走廊里蹦来跳去时,他们又惊又喜。当然,这种欢乐的气氛只会使兰博克先生更为愤怒。

"这一切都是因为**你的胡闹**造成的,诺伊曼!为什么每次出问题都有你的份!"

围观队伍里又增加了20名同学,他们也想来一探究竟。兰博克先生努力想要站稳,但却无法摆脱我的能量场。

"我只是想去趟洗手间。"我终于想出了一个说辞。在我的**系统**计算出所有可能的回答之后,我认为这是最可信的一条。

"你总是有很多理由。**走着瞧**,我一定会弄清楚你的底细。"他说道。

哒哒，哒哒！

"抱歉，实在无意打扰，但您可以告诉我伯克尔校长的办公室怎么走吗？"

一位年轻的女士不知所措地站在同学们中间，脑袋不由自主地随着我们跳跃的 节奏 上下晃动。我扫描她之后得出以下**分析结果**：

分析：

身高：172.4厘米；

体重：62.5千克；

头发：金色卷发；

瞳孔颜色：浅蓝色。

我的**数据库**比对结果显示：这是一个杰出的 人类样本！

哎呀！

兰博克先生的目光在我和这位人类女性之间来回切换，同时他的脸迅速变得通红。

到目前为止，我只知道**变色龙**和**墨鱼**才会这样变色。在人类身上，出现这一现象有不同的原因：

10

1. 由于跳跃造成的体力消耗；
2. 由于愤怒导致的供血增加；
3. 由于害羞导致的供血增加。

在我看来，现在**这三点**在兰博克先生这里都说得通。

"沿着走廊左转，右手边的倒数第二扇门就是了。要是您不介意的话，我可以带您过去。"兰博克先生用他在这种情况下能发出的**最迷人的**语调细声说道。

"您真是个好心人。不过谢谢您，您现在**跳**得这么开心，我不好意思继续打扰了。"这位女士说完就走了。

我们周围的同学也跟着跳了起来，他们大声欢呼，以至于他们完全没有听到兰博克先生疯狂的怒吼："你一定会后悔的，诺伊曼！"这时他的声音可就不再迷人了。

我的友情条完全变成了红色，此时显示 **-6 分**。

是时候行动了！

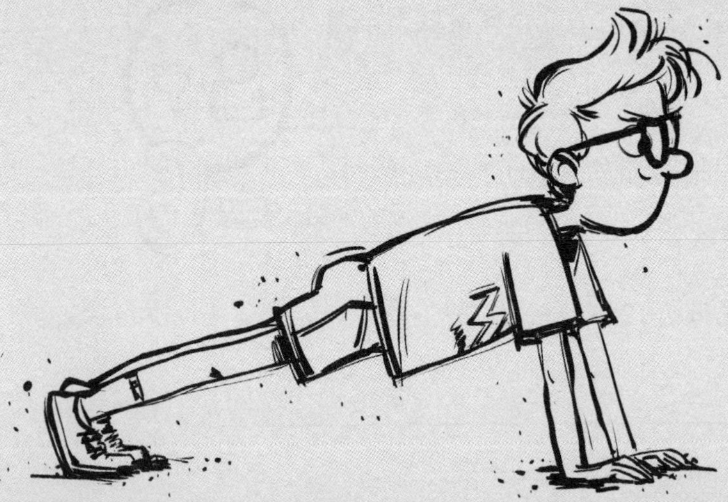

新来的女教师

我向我的研究对象——那些人类声称,我现在 10 岁了。但事实上,从我的建造师启动我到现在也才不过 **21 天 7 小时又 22 分钟**。而我"诞生"以来的任务包括研究人类、收集信息,并且以 友情分 的形式赢得人类的好感。

现在,我们都聚集在音乐教室里,等着上第一节音乐课。我所指的"我们",也就是我所在的班级,是由 **11 个男性样本**、**12 个女性样本**以及 1 个机器人(也就是我)组成的。

这个音乐教室里到处都是乐器,不过它们中的大多数都不插电。这也**太落后了!** 用计算机合成的音乐难道不比这些动听得多吗?

兰博克先生走进了教室。跟他一起进来的那位女性,我之前在走廊里就已经扫描过了。

叮咚!

教室里突然安静了下来。兰博克先生对那位女士微笑着,尽管她根本没有讲笑话。然后他说:"我来介绍一下,这是**新来的音乐老师**,凯拉·南丁格尔女士!"

我注意到,兰博克先生说出她的名字时,声音听起来明显比平常更柔和。接着,他用平常的语调继续说:"她将负责你们的**音乐课**和**语文课**。希望你们(声音严肃)认真配合南丁格尔女士(声音柔和)上课。

"**谢谢您**，兰博克先生。我想我们会相处愉快的。"她说。等兰博克先生离开教室，她就转身面向我们，说："很高兴能成为你们的老师。你们有谁会演奏**乐器**吗？"

马克，那个平时在课堂上没什么动静的男同学，飞快地举起了手，他几乎都坐不住了。

"我！我会**敲鼓**！"他喊道。紧接着，其他11名学生也跟着举起手并喊道："我会弹**吉他**！""我会吹**竖笛**！""我会拉**小提琴**！""我会敲**三角铁**！"

南丁格尔女士不住地点头，用手指着马克说："你是第一个举手的。你愿意在大家面前表演一小段吗？这样我也能看看你现在的水平。"

就在马克大步流星朝⊙走去时，莱昂悄悄靠在我耳边说："马克就这德性。他走到哪儿都想着乱敲一通。"

马克继续**疯狂地**敲击鼓面。南丁格尔女士看起来很满意，同学们也都说他敲得不错。

马克的鼓点和正确的节拍之间差了 **0.0482 秒**，这对我苛刻的听觉来说，简直**无法忍受**！其他同学的演奏也好不到哪儿去。我暂时关闭了自己的**麦克风**，给自己播放起了数据库里的电子音乐。它隔绝了外界的一切声响。突然间我发现，那位女教师正指着我。我马上激活**听觉传感器**，正好听见艾米莉喊的那句："别担心老师，他本来就有点儿奇怪。"

"你好吗，**安德鲁**？"我听见南丁格尔女士说，"你刚才没有举手。你会演奏哪一种乐器吗？"

"会的，**纠正**，不，我不会演奏**一种**乐器。"我如实回答道。

"那真是太可惜了。你对乐器没什么兴趣吗？"

"我不会演奏一种乐器，我会演奏**所有**乐器！"

"吹什么牛啊！"我听见一些同学嘀咕着，还有一些人在偷笑。

"这么说我可就要期待一下了。难道我们班**藏了一个音乐天才**？"南丁格尔女士微微笑道。

"我会演奏**四种乐器**,"我们班的"优等生"朱利斯不甘示弱地喊道,"分别是**钢琴**、**长号**、**木琴**和**竖琴**。"

他没法接受班里任何一个人(尤其是我)比他优秀。

"安德鲁,你愿意在我们面前演奏一下其中一种乐器吗?"南丁格尔女士问道。

我环视了整个房间,最后选择了**大提琴**。"您希望我演奏什么曲目?"

她翻了翻乐谱,然后说:"《小鸟们都来了》怎么样?"

我可**不是什么八音盒**!但是我还是满足了她的愿望。

"**非常好**,安德鲁。真是棒极了!"

啊哈!

接着我右手拿着**小号**,坐到钢琴前。

啊哈！

这次我演奏了一段我最近刚收录的小号乐曲，与此同时，我还用**单手**弹奏钢琴伴奏。南丁格尔女士惊讶地<u>张大了嘴</u>，我的同学们也差不多是这种神情。只有朱利斯的脸色越来越阴沉。接下来，我又选了一把**马林巴木琴**，并且演奏了一首智利的**探戈**舞曲。正当我还想吹阿尔卑斯长号时，莉莉出现在了我的视野里。她皱紧眉头盯着我，不停做着手势，像是在把什么东西往下压。哦！那是**我们的暗号！**

啊？！

它的意思是：**停下来！行为异常！**

我只好停下了**探戈舞曲**，说：

"**纠正**，我当然不能演奏所有乐器。"

"我就知道。"朱利斯如释重负地嘟哝道。

"但你看起来确实很有**音乐天赋**！"南丁格尔女士说。

"他**数学**也不赖！"莱昂补充道。

哇！

"不管怎么说，我还是觉得他很奇怪。"苏菲靠在艾米莉耳边悄悄地说。这句话当然没逃过我**高度灵敏的听觉传感器**。

我的友情分一会儿加，一会儿减，来来回回。

南丁格尔女士：+18 分。

苏菲：-3 分。

全班共计：+20 分。

朱利斯：-15 分。

我目前的得分情况：14 分！

+18
-3
+20
-15

一个好的开始。

"你每天练习几个小时？"南丁格尔女士问道。

"练习？**没有**。"我说，"没必要。"

我再次感受到莉莉责备的眼神。

注意：吹牛警报！**不要**再说下去了！

太迟了：-4 分！

-4

我必须更加注意，并且不能过度展示我的技能。也就是说，在接下来上学的日子里，我最好保持低调。

噼噼！
啪啪！

诺伊曼"一家"

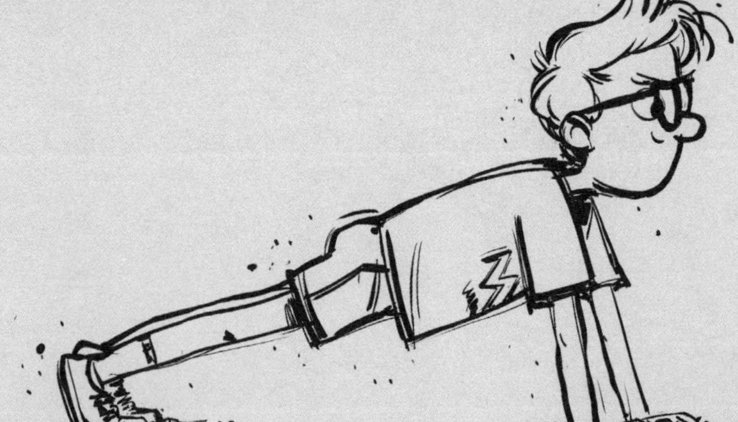

诺伊曼

"只有 10 分?"我的建造师爸爸震惊地咆哮道,"**还差 40 分!**"

> **分析:**
>
> KI-Androide 3.0-m是一个失败的设计。

我哦!

哎呀!

"君特,你又**中病毒**了?我给你纠正过多少次了,要喊我们的人类名字。"我的建造师妈妈责备道,为此,她还特地切换成了**愤怒的声音模式**。

"**正确**,玛格丽特,我必须好好地整理一下**硬盘**上的数据,用人类的标准仔细检查一下,安德鲁身上到底哪里出错了。"

我们诺伊曼一家就是一个**普通家庭**,至少我们要努力看起来是这样的。

叮咚！

我们的房门上写着我们的姓氏，以防家里来客人，虽然门铃平均 **251 天** 才会响一次。尽管我的建造师们，纠正，我的父母非常努力，但**机器人家庭**是不可能和人类家庭一模一样的。这要从我的父母说起：他们很少穿上 **人类的外壳**，因为他们从不出门。也正是出于这个原因，他们发明并建造了我。

啊哈！

"你成天都在干些什么，安德鲁？"建造师爸爸继续说道，"50 分，一个多么容易实现的目标。要是你只能达到老计算器就能取得的成绩，我们给你装配**最好的零件**又有什么用？"我的建造师总是这么说。其实他们给我用的都是从跳蚤市场上买来的**二手零件**。

"人类太**复杂**了。他们不按逻辑行事。"我分析道。

"分析正确。"建造师妈妈表示赞同,"他们被所谓的'**情感**'控制。我们必须取代人类。但这只有在你赢得了他们的**友情**和**信任**之后才能实现,安德鲁。你必须找出人类的弱点——他们的情感。"

"如果你收集的友情分**少于50分**,我们就会关掉你的电源,再造一个新的机器人。你要牢牢记住这一点!"建造师爸爸警告我。

啊?

"人类可不会因为自己的孩子不行,就把他们关掉。"我抗议道。

"这种行为是**不符合逻辑**的。这就是我们必须取代人类的原因。"

叮咚!然后,平均**251天**才会发生一次的事情发生了:门铃**响了**!很快我的建造师就激活了警报模式。**3A级紧急预案**!他们跳了起来,冲进那个被人类称作卧室的房间,套上了他们的人类外壳。

25

"安德鲁,你负责和人类交流。"我的建造师爸爸吩咐道。

那这就意味着——开门!

我执行了这项**指令**,站在我面前的是来自邻屋的一个人类样本。

加载中……

分析:

1.8米,89千克,还有63根头发贴在他光滑的头皮上。

"这玩意儿是你们的吗?"他手里高高举着小吸,气愤地问道。**小吸**是我们家的吸尘器,它整日工作,**看到什么就往嘴里吸**,不放过任何能吸进去的东西。

"这个电动妖怪不知道啥时候溜进我家院子了。"

"它有名字，它叫**扫地机器人**。"我跟他解释说。

"**我管它叫什么**。我只知道，它把我花坛里所有的泥都吸走了。"这个男人故意提高了音量。

"哐当"一声，小吸已经被他扔在了地上。他转身的时候，被我们家的**草袋子**——那个因为好奇而急匆匆赶来的**割草机**绊了一下。

哗！

"又来一个要命的电动妖怪。"那个男人咒骂道，"下次再让我在我家花园逮到你们的吸尘器，我就把它丢进垃圾桶。我说到做到，让你们**哑口无言**！"

切！

"如果这有用的话,我乐意之至。您推荐哪种毒药把我们毒哑呢?"我问。

"**胡说八道**些什么,不是字面意思!"那个人咆哮了一通,就一溜烟跑了。这次倒真成字面意思了,因为**小吸**喷出来的 13 **团灰尘**搞得门口烟雾缭绕。

噗噗!

"小吸,你是一个吸尘器。你的行动区域是这个房子的内部空间。"当那位邻居走远后,我批评了小吸。

美味!

"但是小吸好**饿**,还想继续吸。邻居家的花坛里泥土更多!**好吃**!"

"小心会出**技术故障**。"我提醒它。我们的花园里也是一粒泥土都不剩,有的也只是一些碎屑土。

"**状况汇报**:刚刚是谁在门口?"建造师爸爸用细柔得不太正常的声音问我,还拽了拽身上的围裙。

"是邻居，他刚刚把小吸还回来了。"

"这应该是一个友好的信号。"

"小吸把他家花坛里的土吸光了。"我补充道。

"**好样的**。恶心的泥土，充满了微生物。"

"错误。"我反对道，"它让我丢了 **6 个友情分**。"

"你确实是一个失败的设计。"他斥责道。

"我们的产品又出问题了？"建造师妈妈用低沉的声音问道，听起来很奇怪，"对于机器人来说，**任何错误都是不允许的**。机器人的运作必须是完美的！"

"扣分的原因并不在我。"我为自己辩解道，"你们是不是互相套错了人类的外壳？"

这时，两个建造师互相仔细打量了一下对方，然后发出警报："**报错！报错！**"

"嘟，嘟，嘟……"妈妈清了清嗓子，"机器人犯错也是正常的。"

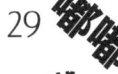

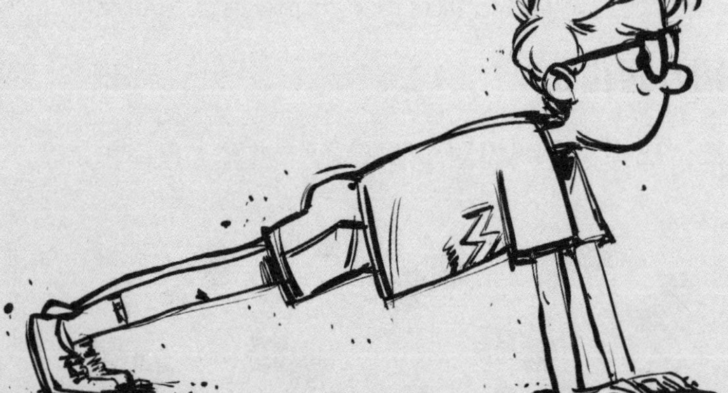

死去的仓鼠

今天，我下定决心要得到最高分。为此，我得对我的 研究对象 好一点。

在去学校的路上，我路过莉莉家，接她一起去上学。她是我**最好的朋友**，纠正，应该说是我**唯一的朋友**。人类把那些跟自己一起做过许多事，又了解自己秘密的人称为"朋友"，反正莉莉就是这样给我解释的。

从她那儿我得知，她觉得有一个叫保罗的人很有趣，并且一遇到他，她就会 心跳加速 。不管这意味着什么！作为交换，莉莉也知道我**最隐蔽的秘密**：我是一个机器人。**如果我的建造师们**得知这件事，他们会毫不犹豫地关掉我。兰博克先生也会非常高兴地在信息课上当着学生们的面把我拆成碎片。

啊哈！

最好的朋友

嘘！

恶心！

当我到达莉莉家的时候，她表现得十分焦躁不安。

"露娜不见了。"她用颤抖的声音告诉我，"以前从来没出过这样的事。"

不符合逻辑的行为！

"它平时会把自己藏在一个罐子里吗？就像一根腊肠那样。"我问道。

"呵呵，你真幽默。我**没**心思跟你开玩笑。不知道它现在在哪里瞎跑，我没办法安心去上学。"

新发现：
腊肠犬可以跑走，但不会住在罐子里！

一旦我们的**机器狗——塔麻可吉**逃跑了，我们就会跟着它的追踪器发出的信号找到它。而真正的狗狗都是用自己的名字进行编程的，现在看来，这似乎并没有什么用。因为无论我们怎么喊，露娜都没有出现。

哎呀！

我必须发挥我的专业技能了。

"你的眼睛为什么突然变得这么红?"莉莉惊讶地问道,"你哭了吗?"

"机器人从来都不会**哭**。"我答道,"我的摄像机,纠正,是我的眼睛,变成了红色,是因为我激活了**热成像**功能。"

我扫描了一下周围的环境,并且可以根据**热辐射**识别每一个生物,就算它藏在树篱的后面,我也能发现。

"然后呢?你看见什么了吗?"莉莉满怀期待地问道。

"很多。一只躲在灌木丛下的**刺猬**,一个站在窗帘后面的**人**,那个房子里还有个人在挖鼻孔。一只藏在桦树 **4.3 米**高处的**鸟**,一只躲在你们的草坪下 **62 厘米深处**的**鼹鼠**……"

"我的意思是,你能看到露娜在哪里吗?"

为了更好地了解周围的情况，我激活了手中的**磁铁**，爬上了灯柱。果不其然，在一个垃圾箱的后面，我发现了一个身体细长的生物，它的腿很短，正在打着转儿地跑来跑去。

啊哈！

"发现一条迷失方向的**腊肠犬**，方位：**238度**，距离：153米。"

"我恰巧没有带**指南针**，你能不能用人类能理解的方式再跟我说一下在哪个方向？"

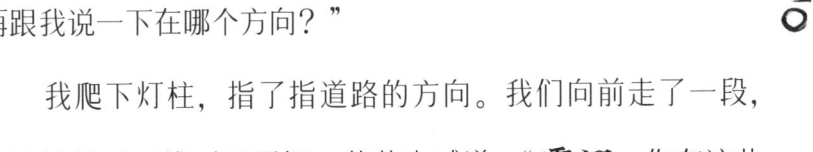

我爬下灯柱，指了指道路的方向。我们向前走了一段，在垃圾箱后面找到了露娜。莉莉大喊道："**露娜**，你在这儿干什么？"

露娜的头卡在一个锡罐里，这当然会影响它的方向感。莉莉设法小心翼翼地取下罐子，这下，露娜终于又可以高兴地用它的**小短腿**跳来跳去了。

恶心！

"可恶的露娜，贪吃鬼。舔罐子可不体面。"她责备道。

呸！

恶心!

啊?

这种生物狗专吃很**恶心**的东西。在这件事情上,我得夸夸塔麻可吉,因为它只需要一根充电线和一个插座。

啊哈!

我的认知修正:
狗狗确实住在罐子里!

!

"有时候,机器人朋友确实能派上用场。"莉莉终于松了一口气(**友情分 + 10**)。

尽管我们快马加鞭地赶往学校,但还是**迟到**了。是兰博克先生的课!这**百分之百**会让我受批评并且被扣掉友情分。

但老师还没有开始上课,他快速地瞥了我们一眼,然后又转身朝向那些围在朱利斯和蒂尔桌边的学生,他们正聊得火热。

"好了,孩子们,不管多难,生活总还得继续。"

哗!
哗!
哗!

哦哦！

切！

"我们开始上课吧。"兰博克先生一边喊着，一边不耐烦地拍拍手。

同学们犹犹豫豫地回到座位上坐好，直到这时我才看见蒂尔。

轰隆隆，哗啦啦！

"**为什么**蒂尔的脸湿漉漉的？"我问道，"现在并没有下雨呀。"

"安德鲁，你真是个**大笨蛋**！"苏菲在我身后感叹道，"你难道不知道人会伤心吗？没人会在这种事上开玩笑。"

唉！

"如果你的仓鼠死了，我真想看看你会怎么样。"艾米丽嘟囔道。

"我**没有仓鼠**，"我解释道，"但我不理解你为什么想知道这个。"

-7 哎呀！

漂亮，这个回答也意味着**失去 7 分**。

"它才<u>三岁零两个月</u>！"蒂尔啜泣道，更多的水滴从他的脸颊上滑落。

我以闪电般的速度更新着我的**数据库**。

安息吧！

37

分析：

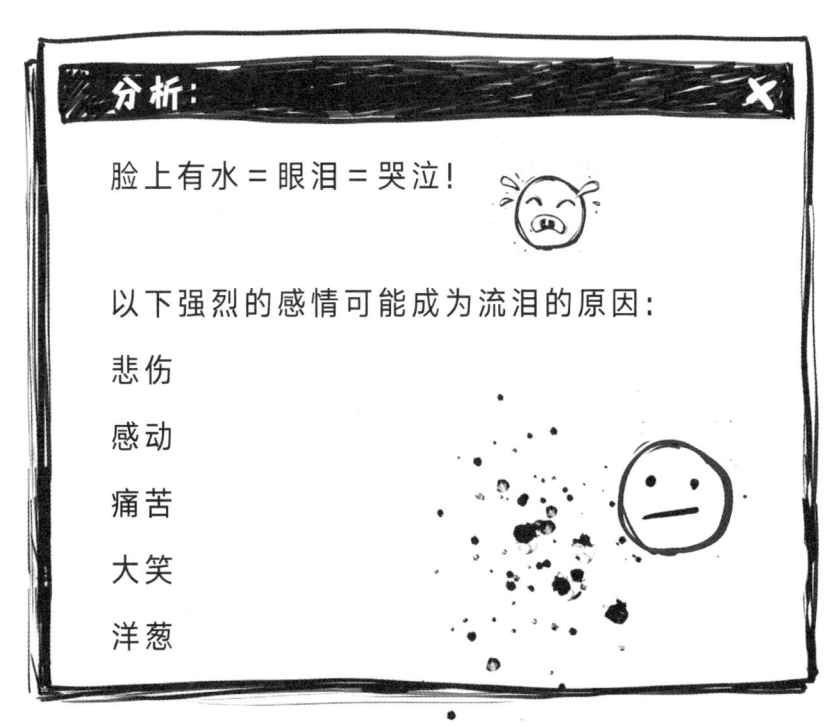

脸上有水 = 眼泪 = 哭泣！

以下强烈的感情可能成为流泪的原因：
悲伤
感动
痛苦
大笑
洋葱

唷！

联想到死去的仓鼠，我相信是"悲伤"这个原因。

对此，人类**通常的反应**是"安慰"。

我赢得**许多友情分**的机会来了！

"蒂尔，别伤心了。"我尽可能温柔地对他说，"对于一只仓鼠来说，能活这么久，它已经超出这种生物的平均寿命了。"

"他不是一般的不正常。"我通过**麦克风**听见宝拉在前排低声地说。

"他想安慰蒂尔，出发点还是好的。"基南也悄悄回了一句。

加 4 分，管用！

这时的兰博克先生看上去十分不耐烦，但不知道出于什么原因，他并没有打断我。我继续安慰蒂尔。

"一般来说，仓鼠的**平均寿命**是 **30 个月**。到那时，仓鼠身体的重要机能会衰退，并且无法再修复。"

班里的每个人都聚精会神地听着，这说明我现在的做法是正确的。

"这个损失完全可以接受，你可以花 15 欧元购买一只新的。只要每个月能够省下 50 分[①]，两年半之后，你就可以成功购买一只新的仓鼠……"

班里一片死寂，同学们一个个都板着脸。我说错什么了吗？我的计算过程是不是遗漏了什么重要因素？

---

① 1 欧元 =100 欧分。欧元是在欧盟国家使用的货币。

伴随着一声响亮的提示音，我的分值条快速地指向**负 31 分**的位置！

分析：

错误的计算结果！

-31

怎么会这样？

我回放这段**场景**，并在 **3D 眼镜**中反复观看，但我仍旧无法理解。所以我只能等到休息时间再去问问莉莉。

"在**仓鼠**这件事上，你完全做错了。"当我们站在操场上的时候，莉莉跟我说。和其他同学一样，她的眼神里有点儿责备的意思。

"我只是告诉他怎样才能弥补这个**损失**。毕竟，这个世界上还有很多其他仓鼠。"

"如果是自己的仓鼠死了，那就是另一回事了。真那样的话，我也会很伤心的。"

哎呀！

这听起来<u>不合逻辑</u>，但同时又很<u>有趣</u>。

"所有的人都会悲伤吗？会有什么样的表现呢？"

"你很难体会这种感觉。当你伤心的时候，整个世界会黯然失色，冰激凌的美味程度会大打折扣，整个人像背上了千斤重担。你会被击垮的。"

坏了！

"**一种奇怪的现象**。"我分析道，"不仅视觉、味觉和重量传感器坏了，人还会被击倒？"

莉莉不由地提高了音量："安德鲁，打开你的文字处理器，这里的'击垮'不是字面意思，这是一**种情绪**，你懂吗？"

"不懂。"我不得不承认，"人类的感情对我而言很陌生。"

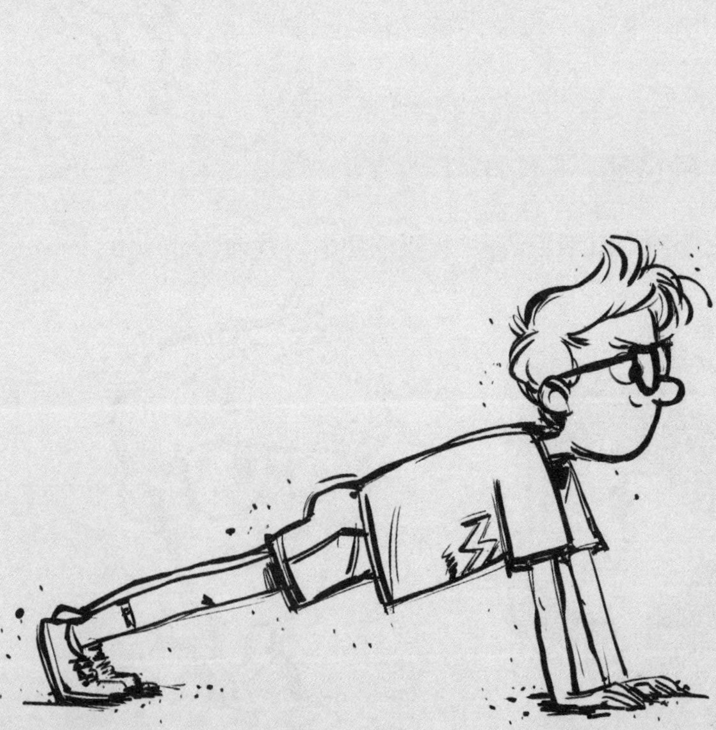

那个隐蔽的地方

第二次课间休息的时候，我又是一个人了。莱昂在交换卡片，莉莉在学校图书馆，其他人一看到我都躲闪不及。**没机会得到友情分了**。

但这却是个省**电**的好时机。在哪里能比在厕所更省电？

厕所是学校里唯一一处不会被人监视的地方，我甚至可以把自己关起来，用**休眠模式**度过大课间。

厕所有两扇门。男生进左边这扇，女生进右边这扇。实际上，我需要第三扇门，因为我既算不上男生，也算不上女生。但毕竟我的外形是一个**男生**的形象，所以我还是选了左边的门。准确来说，我的名字是 **KI-Andriode 3.0-m**，这里的"m"就代表男性。

嘘！

噗！

> **分析：** ✗
>
> 气味分子快速分析：
>
> 哕！恶心！

安全起见，我还是先关了**嗅觉传感器**。

这两个小房间有一个未被占用。我进去之后关上门，把一些系统调至休眠模式。但**计划**赶不上变化，隔壁房间传来了发动机的声音"轰轰轰！嗖！砰！"然后又传出了"嗖！"的声音，一声咒骂紧随其后。

节能的计划可能没法实施了。

我的研究热情被再次唤醒，我激活了 **3D 数据眼镜** 的 X 光透视模式。猜猜我在隔壁房间里看到了谁？是老找我茬儿的马克，他正深深沉迷于手机上的**一款游戏**。

我决定利用这个机会测试一下人类的**反应现象**。我改变了我的声线，改用兰博克先生的声音说："你好，马克。学校不是**明令禁止**带**手机**的吗？"

45

哎哟！

哗哗

轰轰！

马克吓了一跳，赶忙藏起手机，害怕地东张西望。他打开门，只留出一条细缝，小心地朝洗手间张望。当然他谁都没看到。过了一会儿，<u>发动机的声音</u>又响了起来。

"马克，我已经警告过你了。你的手机马上就要被没收了。"我用兰博克先生的声音继续说道。

马克做出了和第一次一模一样的反应。接着，他又弯下腰，越过隔板往我这边看。这下，他看到了我的脚。**狡猾的家伙**。

突然，他的脸又出现在小房间的上方。

！！

"**机器脑袋**（他确实就是这么称呼我的，这其实并不友好），是你在捣乱吧？你想吓唬我，嗯？**你等着**，现在我就把你砍成碎木片！"

切！

测试结果：

突然出现的兰博克的声音＝惊吓！

马克＋惊吓＝暴怒！

46

嘀嗒嘀嗒！

"你真打算这么做？可是我也不是用木头做的呀！"

"**可笑！**"他大吼一声，就纵身跳到了隔板上方。"你马上就笑不出来了。"

嘿嘿！

他伸手往下抓，一把抓住了我的领子，想把我拎到半空中。就在那时，只听到"**嘀嗒**"一声，马克僵住了。

"**天，不要！**"他惨叫一声，立刻从马桶上跳了下去，把手伸进马桶的水里。

"为什么你不在洗手台洗手？"我趴在隔板上方看着他。

我的问题显然不合时宜，他立刻对着我大声叫骂道："滚一边去！我的手机掉进马桶了。真是倒霉！"

哦哦！

"你的手机现在大概已经**没法用了**，就像蒂尔的仓鼠一样。通常的预期寿命是……"

游戏结束

噗！

哎呀!

"你有本事再说一句！"他一边打断我，一边从水里捞出还在滴水的手机，"这是我刚收到的生日礼物。你知道这有多贵吗？！"

我立刻启动系统进行检索："出厂建议售价为 **549 欧元**。在大型电器商城只需花费 **499 欧元**。如果签约的话……"

"我会有 **大麻烦** 的。"我的研究对象开始痛哭，同时打开了他的 **眼泪闸门**，"我现在该怎么做？"

为了从马克身上得到友情分，按理我应当安慰他。

"你 **不需要手机**。如果你需要的话，你可以用秘书处的电话。"

"谁问你这个机器脑袋了？"马克的声音已经哭得沙哑，然后他又跳了起来，想抓住我的领子。

哈哈！　　　　　　哔哔！　　　　哔哔！

"**都怪你**。你必须给我买个新的手机！不然我要给你点教训！"

"那我选第二个方案。你要教我点什么？"

"教你吃点苦头！"马克喊道。

哦哦！

"你们在这里鬼鬼祟祟地干什么？"兰博克先生的声音突然响起。

"**有意思**，真有意思。你觉得，同样的当我还会上第二次吗？"马克恶狠狠地说。

话音刚落，他就看到了兰博克先生。此刻，兰博克先生正在厕所门的上方看着我们。

"**给我出来**，你们两个！"兰博克命令道。7秒后，我们俩站到了班主任面前。

他像一条**咆哮的恶犬**，不断重复着学校新出台的**手机禁令**以及我们会受到的严厉惩罚。

汪！ 汪！ 汪！

49

嘻嘻!

恶心!

"玫瑰盐还是胡椒盐?"我问道。

"这是什么问题?"

"您刚刚不是说'**盐粒**'的惩罚,我很好奇是什么盐……"

牛头不对马嘴的问题:**扣五分!**

嘻嘻!

"诺伊曼,现在不是开玩笑的时候。"他吼道,然后继续他的说教咏叹调。

嚯!

马克缩着身体,尽量降低自己的存在感,眼睛盯着地面。

"好了,把手机给我,只能叫你父母去校长那儿取了。"兰博克先生长叹了口气,并伸出一只手。

马克把还在滴水的手机递给他。他的手机和他的脸一样湿。

哈哈!

"这是怎么回事?"兰博克先生问道。

"他刚从马桶里捞出来。"我解释道。

兰博克先生露出一副嫌弃的表情,并收回了他的手。"这次你可以破例先拿着。"

接着他转身看向我:"**诺伊曼**,是不是你干的?这可不是你第一次使坏了!"

"是,一切都是**他的错**。"马克抽泣道。

"好了,你们可以留着这些跟校长解释。"

我们走出厕所,跟在兰博克先生后面快步走向校长办公室。

"现在该给你些教训了,**机器脑袋**。"马克在我耳边嘀咕了一声,随后偷偷打了我一拳,恰好打在我左腿的**控制装置**上。我的左腿**当即**僵住,无法动弹,同时我的右腿开始转圈。

哦哦!

"安德鲁·诺伊曼。你觉得这样很好玩是吗?"兰博克先生怒气冲冲地问。

"不。"我如实回答道,"您觉得好玩?"

为安全起见,我把右腿也停了下来。

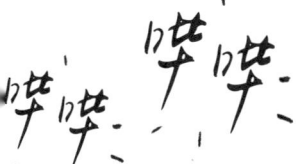

哔哔 哔哔

现在连马克都忍不住咯咯直笑,而兰博克先生的脸却越来越红,他开始**气**得直跺脚。

"安德鲁,你的行为将造成**严重的后果**。"他开始大声尖叫,气愤地扯着自己的头发。"赶紧接着走!"

啊!!!

"明白。"我答道,并让我的右腿恢复刚刚的动作。

"你到底理解我刚刚说的话没有?!"他怒吼道,嗓门都快撕裂了。

啊?

"当然了。我就是在接着走呀。" **扣 12 分!**

这时,南丁格尔女士出现在转角处,看到我在原地转圈,她大笑起来:"亲爱的兰博克先生,我不得不说,您对您的学生做了**非常了不起的事情**。您鼓励他们做这样**有趣的练习**,真是太棒了!我也来试试。"说完,她也开始转起圈来。

咔哒!

嗡嗡

"**哎呀**，南丁格尔女士。"兰博克先生的语气一下缓和了。

"我一直说，人们必须将灰色单调的日常生活抛在脑后，和学生们一起发现**乐趣**。"

"您做到了，兰博克先生。我们拥有非常棒的学生。"（**加 9 分**）

"我完全赞同您的观点，亲爱的南丁格尔女士，尽管他们性格迥异，但都非常……棒。"

"您也一起来转圈吧。"南丁格尔女士对和善的兰博克先生发出邀请。在她面前，兰博克先生就像一只乖巧的长毛狮子狗。

"**噗**，我已经头晕目眩了。"南丁格尔女士笑着说，还不小心踉跄了一下，好在兰博克先生及时扶住了她。

他的脸再次涨得通红。

"啊，**不好意思**，我不是有意撞到您的。"

噗!

"没关系,女士。"

当我们都在自顾自地继续转圈时,校长伯克尔在拐角处出现了。他眉毛上扬,观察着眼前这幅景象,然后不禁发问:

嘻嘻!

"您还好吗,兰博克先生?"

是你?

"好得很。我们只是在做一些放松练习。"

"校长先生,我必须跟您汇报一些事。"我说道。

毕竟这是兰博克先生的吩咐,但是他现在却阻止了我。

"不是现在,安德鲁。"他低声说道,接着又对着南丁格尔女士微微一笑,"你不想把我们刚刚一起转圈的乐趣给毁了吧?!"

情感模块

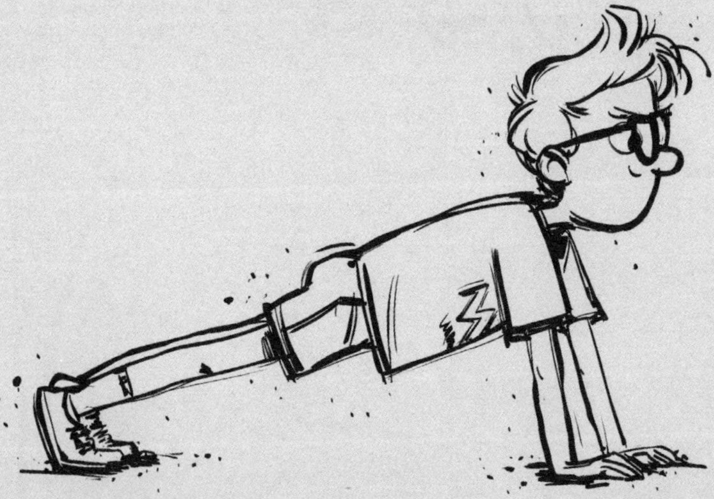

当南丁格尔老师走进教室的时候，她仍然跟跟跄跄的。

"我还是有点儿头晕，"她解释道，"你们的班主任真是**太有创意了**。"

学生们疑惑地看着彼此，不确定她说的是不是他们认识的那个兰博克先生。

今天她要给我们上语文课，课上我们要讨论《匹诺曹》这个故事。

"有人知道这个故事写了什么吗？"

朱利斯猛地举起了手。

"这个故事讲的是一个**有生命的木偶**，他是由木雕师杰佩托用一块会说话的木头做的。后来，匹诺曹从他那儿逃了出来，开始了他的冒险。"

"朱利斯，你太棒了！"南丁格尔老师夸赞道。"那你知道匹诺曹 最大的愿望 是什么吗？"

哎呀！

朱利斯摇了摇头。

"他想成为一个 **真正的人**。"莉莉大声回答。

我顿时来了**兴趣**。显然，这个匹诺曹也是某种机器人。只不过，他好像是用松木雕刻而成的，而我是一台复杂的**电子机器**，我拥有远超人类的能力。我能潜水几个小时，因为我不需要呼吸；我能透视墙壁；我能在**几分之一秒**内解出数学题；我还能熟练使用3592种不同的语言。我实在无法理解为什么要成为人类。只是为了感受**害怕**、**愤怒**和**悲伤**之类的情感吗？**不对**。

58

啪！

但是，事实却告诉我，这些**情感**可以帮助我了解人类，进而获得大量的**友情分**。这样的话，我就能完成建造师们设定的任务，他们也就不会再想着关闭我了。

放学后，我从床垫下面挖出我的**网络接收器**——有一张这样的床总归是有点儿好处的——并将其连接到计算机上。接着，我输入"情感"一词。我想尽可能多地了解这件事。之前我的身体感受过一阵猛烈的**电流**，我猜那应该就和人类的**幸福感**差不多。你们还记得吗？就是那次，莉莉没有出卖**我的秘密**，知道我是个机器人后，她却仍愿意继续和我做朋友。**一次很棒的体验！** 更重要的是，我得深入体会我的研究对象所经历的这些感受，这也是我的使命所在。

这似乎没有**很大的难度**。在人类身上有一个专门负责**情感**的**特殊处理器**（他们称之为大脑）。我很快就知道了我需要哪些电子元件来为自己建造一个这样的大脑，以及我该如何对它编写程序。

在我的建造师的**车间**里，我最初只能找到些破旧的组件，造不出什么有用的东西。我翻找了 ⑧ 个抽屉，最后，在装有塔麻可吉的**备用元件**的盒子里，找到了我需要的东西。我把它们拿到房间，焊接出了我的最新成果：**情感模块**。

这个模块的工作原理很简单：它会评估来自我的**摄像机眼睛**和**麦克风耳朵**的信号、外部**气味**、**电池电量**和**触碰传感器**的信号，并将它们和适当的**感觉**相匹配。

可选择的情感有**喜悦**、**幸福**、**怜悯**、**嫉妒**、**失望**、**解脱**、**愤怒**、**喜爱**、**狂躁**、**感激**和**生气**。

为了让这个模块能独立运行，我为它配备了强大的电池。

大功告成！

我打开维修盖板，看到了一堆**密密麻麻**的电路板、电线和电机。我把**情感模块**插入空卡槽，然后用人造皮肤盖住盖板。随后，我把自己连接到计算机上，启动了激活情感模块的**程序**。这时，显示屏上弹出一个窗口：

欢迎来到

KI-Androide 3.0-m

私人定制情感程序。

请输入密码。

我输入：情感 2.0。

请设定时间。

我将开始时间设定为明天早上 8:00，也就是上学的时间。但我不太确定什么时候结束。如果保险丝烧断怎么办？毕竟，情感模块需要使用一块**十分强大的电池**。因此，我将下课的时间设为试运行的终止时间，于是输入了 13:30。

激活完成！

从明天起，我将成为一个完美的、善解人意的情感机器人 **KI-Androide 3.0-m "情感版"**。

这肯定会为我赢得许多**友情分**，我的建造师们也会很满意。假如**情感模块**现在是激活状态的话，我一定已经高兴地跳上天花板了。

"情感版"的安德鲁

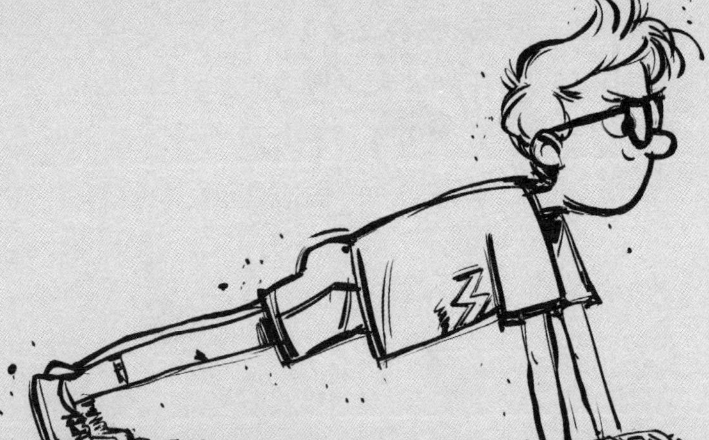

7点59分。**60秒**后，我的情感模块就会被激活。第一节是兰博克先生的课，我们会收到自己的数学作业。苏菲**坐立不安**，这种不安意味着她对糟糕的成绩充满**焦虑**。

"数学不是我的强项。"她对艾米莉说。

"我可以给她建一个数学模块。"正在我这么想的时候，时间正好来到**8点整**。

就在那一秒，"叮当"一声，情感模块启动了。

程序启动！面部表情试运行：**高兴、悲伤、恐惧、愤怒、大笑、哭泣**。

试运行顺利完成。

状态：

已做好情感准备！

当这些情绪**冲击**我的时候，我并不知道自己会有什么反应。莱昂在一边惊讶地看着我："你怎么了？你抽筋了？"

"没事儿。这只是我的一点儿怪癖。"我**撒了个小谎**，然后感觉鼻子好像有点儿发亮。

当兰博克先生腋下夹着一叠作业本走进教室时，我**浑身发抖**。他把作业本往讲台上猛地一摔，大家立刻**安静**了下来，大气都不敢喘一口。

管用！

叮！

"早上好。不过，对于某些人来说，这个早上并不是特别好。"

他拿起那叠作业本中最上面的那本，向我走过来。

"**诺伊曼**，你这次又是**最佳**作业。"在他说话的同时，我反而被扣了**一分**。老师当然很生气，因为比起这个结果，他更希望在我的作业本上找到一个错误。今后我需要故意出点儿差错，以免看起来太完美。

"一个A+！"我的情感模块发出"**叮**"的一声。因为太过**兴奋**，我直接从凳子上跳了起来。

"**太棒了！**" 笑哦！

我大声欢呼着，手里挥舞着我的作业本。

掌声！

"他疯了吧。"苏菲嫌弃地说道。

"但也有点儿滑稽。"艾米莉则在一旁偷笑。

我这是怎么了？我拿 A+ 是**理所当然**的，不然还能是什么？只是一次**数学**作业而已。没必要这样手舞足蹈啊。但我确实感觉到浑身的线路都充满能量，**3D 眼镜**上还显示出了"**高兴**"的字样。我极力克制自己，才终于冷静了下来。

哟

兰博克先生继续分发剩下的作业，但是没有人和我有哪怕一丁点儿相似的表现。发到最后一本的时候，只剩苏菲还没收到作业。

嘻嘻！

"又是一塌糊涂。"兰博克先生一脸"**怒其不争**"的样子，同时把苏菲的作业本往桌上一扔。

"大写的**不及格**！"

苏菲垂头丧气地看着她的作业本。"但我一直在练习，"她低声说道，"爸爸妈妈不会放过我的。我不想去寄宿学校！"

立刻停止！

她的父母是否会用一个全新的、更好的女儿来取代她？**人类**也会这么做吗？想到这里，我的喉咙像是被掐住了一样，胃也开始绞痛起来。"**同情，强度7级！**"眼镜上闪现出这句提示。我的泪容器，本来是用来清洗我的镜片的，现在它打开了闸门，任由泪水流淌，我毫无办法。我的**情绪指数**飙升到了**9级**。我越发悲伤。

"安德鲁，你怎么了？"莱昂感到莫名其妙。这时，其他同学也纷纷朝我看过来。

"这实在太太太太令人悲伤了。苏菲的遭遇让我感到非常非常难过。"我抽噎着说道，可是我却什么也做不了。"没有数学头脑也不是她的错。"

豆大的泪珠不停地从我的脸颊上滚落。我看起来实在是可怜，至少吸引了**十个人类样本**跑过来和我说话，他们还在我的肩上拍来拍去。我立即激活了这片区域的加热装置，因为一个冰冷的肩膀会让人起疑。

计划奏效了！我的友情进度条上涨了 **22 分**。我的情感模块立马切换成了高兴模式，这让我看起来**笑容满面**，我大声说道："谢谢，你们对我真好！"兰博克先生一脸不解地盯着我说："看来，有人可能要进入青春期了……"

哟呼！

课间休息时，苏菲迎面向我走来，我主动站到一边，给她让路。没想到她仍然直直地向我走来，还盯着我看。"我以前一直没发现，你还挺有**同情心**的嘛。谢谢啦！不过你**哭得像拉警报**的样子实在难看。"说完，她就走开了。

哦哦

70

8个新增的友情分!

我突然感觉浑身**痒痒的**,脸颊发烫。为了**防止**温度过高,我赶忙激活了冷却系统。平时跟我玩得最好的女孩莉莉看起来有点儿吃惊,她朝我翻了个白眼,然后说道:"你一定是**烧坏了电线**。你怎么突然和苏菲扯上关系了?"

"**出于同情**。"我回答道,这本来就不是谎话,不过刚才那种**痒痒的感觉**好像又出现了。

"她就是个眼高于顶的人,并不值得任何同情。"

愤怒的电流直击我的主处理器,让我愤怒的人恰好是莉莉,但是我却怎么也控制不了这种情感。

"我觉得她的眼睛不高啊,应该说非常正常,和所有人一样。"我极力维护苏菲。

莉莉无奈地叹了口气,剩我一个人在那儿生闷气。我知道,她受不了苏菲。

汪汪!
汪汪!

一个上午时间,我的**情感模块**就被触发了七次,我整个人陷入了纠结的情感当中。

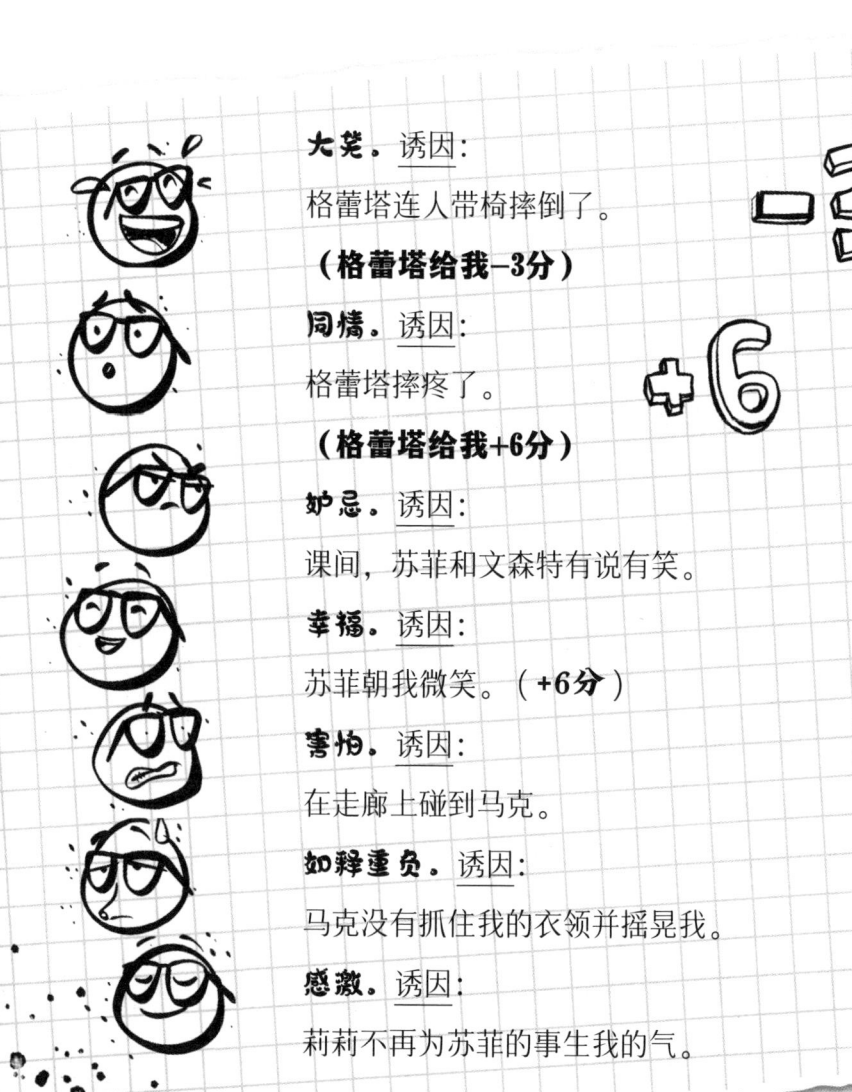

大笑。诱因:
格蕾塔连人带椅摔倒了。
(格蕾塔给我-3分)

同情。诱因:
格蕾塔摔疼了。
(格蕾塔给我+6分)

妒忌。诱因:
课间,苏菲和文森特有说有笑。

幸福。诱因:
苏菲朝我微笑。(+6分)

害怕。诱因:
在走廊上碰到马克。

如释重负。诱因:
马克没有抓住我的衣领并摇晃我。

感激。诱因:
莉莉不再为苏菲的事生我的气。

我今天在学校过得相当不错,尽管上课的时候,我的处理器常常从**情感模式**切换到休眠模式,用人类的话说就是:我**停止思考**了。

结果:大量的友情分。

今天不用上最后一节课,莉莉和我可以在回家路上多逗留一会儿。我们打算慢慢闲逛到莉莉最喜欢的冰激凌店。半道上,我们还去了一趟超市,因为莉莉想要买点儿东西。

我**完全沉醉**在这个色彩斑斓的世界里。货架上满是漂亮的包装袋,上面都是洋溢着**幸福**笑容的脸庞。我控制不住自己,拿了 **112 件商品**放进了购物车。购物车越满,我的**情绪指数**就升得越高。

分析:

购物=幸福的感觉!

"你在干什么？你什么时候对吃的东西感兴趣了？"莉莉惊讶地问我。

"当然是**为了做研究**。"我和她解释道，鼻子却又<u>亮了起来</u>。

恶心！

与此同时，我的购物车里已经堆满了罐头、瓶子、杯子、巧克力、橡皮软糖、速食食品以及所有能找到的东西。当然，我不会让这些**恶心的食物**进入我的体内，但是它们的外包装实在是好看。奇怪的是，我竟然对狗粮产生了强烈的兴趣。罐头标签上的狗狗图案太可爱了，我的幸福值达到了 110%。

110%！

对我来说，同样可爱的还有那只从一个香肠圈中跳过的小猪。

它被印在玻璃柜台后面的墙上，而玻璃柜里面有堆积如山的肉和香肠。要是我能带点新鲜玩意儿回去，我相信**利先生**一定会非常高兴。所以，我买了 **20根香肠**。友善的售货员把我要的东西装进袋里，开玩笑地说："看来家里有**大胃王**呢。不过这些香肠确实美味，也很新鲜，猪是昨天刚宰的。"

"昨天什么？"我问。

"刚宰的呀。"她重复了一遍。

"猪死了？"

"是啊，我们总不能用活着的小猪做香肠，你说是吧？"

我完全接受不了这个事实，一想到那头可爱的小猪，我的脸上立刻就挂满了**眼泪**。好可怜的小猪啊！

我转过身去,一句话也没有说,**伤心**地走到购物车旁。我沮丧地继续推着购物车往前走,但里面五颜六色的包装让我很快就忘记了刚才的悲伤。

去结账的路上,莉莉问我:"你打算用什么付钱?"

"付钱?"我惊讶地重复道。

我从来没有想过这件事,否则我早就把钞票打印出来了。

"总共是 278.42 欧元。"收银员说。

莉莉叫苦连天,看来这是**一大笔钱**。好吧。我把手放到读卡器上方,随着"哗"的一声,收银员把一张长 **163 厘米**的小票塞到了我的手里。

我们满载而归。

呸！

3 分 34 秒之后，我们来到了一家冰激凌店门口，并把手中的购物袋放到了地上。

"你至少可以假装喜欢吃冰激凌，来吧。"莉莉发出了友好的邀请。我不得已要了一份华夫脆筒冰激凌，带着三个彩色冰激凌球的那种。太恶心了！哎，接下来又免不了要倒腾一番我的食物容器。可是，我不想拒绝莉莉的好意，而且我好歹也获得了 **7 个友情分**。

就在这时，我的麦克风接收到了某种水花落地的声音，紧接着是一个男孩子大哭的声音。

"哎哟，太可怜了。"莉莉说。

啪嗒！

"**非常遗憾**。他的整个冰激凌都掉到了地上。看哪，他多**伤心**啊。"我呜咽着说，眼泪止不住地流了下来。

"我老跟你说什么来着，不要这么冒冒失失的。"他妈妈责备他的样子，好像还嫌他不够伤心似的。

我一边流着眼泪，一边蹲在男孩身旁安慰他。

77

救命！

美味！

"我可以把我这份给你，一口都没碰过。"

男孩慢慢平静了下来，从我手上接过冰激凌。

"**谢谢**。"他小声说道，然后津津有味地舔了起来。

我又得到 **12 个新的友情分**！更让我高兴的是，我终于摆脱了那个不停往下滴、黏糊糊的冰激凌。

噗！

"真是个善良的孩子，谢谢你把你的冰激凌送给了我家布鲁诺。"他妈妈对我表示感谢。时间正好来到了 **13:30**，而我的**情感模块**也在此刻停止运行。我瞥了男孩一眼，回答道："没事。但是我反对吃甜食。一个冰激凌球平均包含 **110 卡路里**，吃太多的冰激凌**有害健康**，并且会引起龋齿。所以，您不应该同意这个男孩吃冰……"

不健康！

我的话没有说完，因为莉莉在不停地拽我的胳膊。我们拿起购物袋，在男孩妈妈的责骂声中飞快地跑开了。**扣 18 分**。

-18

恶心！

78

啊哈！

走过两条马路，我们看到一个衣衫褴褛的男人坐在马路边上。

"你们有**零钱**吗？或者吃的也行。"他乞求道。

"您有读卡器吗？"我问道。

他疑惑地看着我，摇了摇头。

"那我只能给您些吃的了。这袋食物总共包含 **62 519** 卡路里的能量，应该足够你的身体维持工作 **30 天**。"

卸下沉重的袋子之后，莉莉和我又踏上了回家的路。

"你终于又做回**原来那个安德鲁**了。"莉莉说，"我一直**担心**你的**电路板**是不是被烧坏了。"

啊哈！

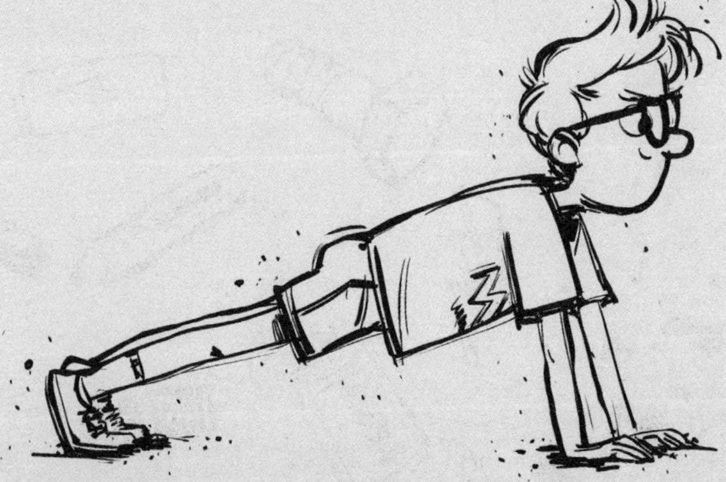

在情感的魔力下

我本决定不再激活我的**情感模块**。

毕竟，机器人的行为举止必须合乎逻辑。但是一想到那许多的**友情分**、特属于人类的那种**感觉**，以及当我看到苏菲时轻微的**刺痛感**……因此，我再次将开始时间设为 8:00，将停止时间设为 13:30。当我想到苏菲时，我就像被遥控了一样，不自觉地点击"**无限运行时间**"按钮。

在上学的路上，有两位同学嘲弄我，称我为"**拉警报**"的哭包。他们说得对，这个情感模块把我变成了感情的奴隶，完全**没有自我意识和理解力**。

叮当！

我决定在 13:30 关闭这个模块，因为在上课之前，没有太多的时间可以让我在计算机室完成我需要做的事。当然，计算机室的门是锁着的。我把手放在**电子门锁**上，成功进到了里面。幸好这里只有我一个人。计算机启动后，我立刻用肚脐处的接口进行连接。

我的监控程序启动了，接着，我输入密码，屏幕上立即出现了**按钮和调节控件**，我可以通过这两样来调控**情感模块**。

正当我准备点击"禁用"时，它突然"咔嗒"响了一声。上午 8:00 整。我的情感模块已经自动启动了。但是**没关系**，我还是可以马上关闭它。然而有什么东西阻止了我，一个来自我内心的声音："不要关闭模块！**情感很重要**！拔掉电线！"

我的处理器想要反抗，但却被情感模块直接关闭了。这样一来，我就只能保持着**安德鲁"情感版"**的状态。

如果我不想上课迟到的话，现在就得抓紧时间了。

快点！

砰！

"砰"的一声，**门被大力推开了**。兰博克先生快步冲进了计算机室。

"安德鲁·诺伊曼，你在这里做什么？"

这下**麻烦大了！情感模块**通过我的**恐惧导线**输送**强大的电流脉冲**，并向我发出逃跑的信号。显然，这是不可能的，因为兰博克先生正站在我的身后，饶有兴致地看着监控台。

"被我抓到了吧！你擅自使用学校公用计算机。"他说道，并大声地读出屏幕上的字："欢迎，KI-Androide 3.0-m。代号：安德鲁·诺伊曼。你的任务开始了，从外星人手中拯救世界。"

他的目光在我和屏幕之间来回扫了几下。

"我从没见过这个游戏。"

"在因特网上就能找到，如果我不能打败外星人，那我就输了。"

这时我只能开启**伪装模式**,这是我万不得已才会做的。

"所以,你在用学校的计算机玩会感染病毒的网络游戏。"说着,兰博克先生坐到我的旁边。任务岌岌可危!

一股**电流**冲过了我的**主板**,干扰了处理器,**恐惧的状态栏**激增到 100%,并开始不停闪烁。

100%

啊哦!

哎呀!

红色警报:
身份即将暴露!

哦哦,
哦哦!

叮叮当当!

"你有点儿不对劲,安德鲁·诺伊曼。我一直怀疑这一点。"

"不咧,我只是一个普通的男孩咧。"我开始胡言乱语。我的**语言模块**因为受到强电脉冲的干扰,表现得比平常更糟糕。

"我就说你有些不正常。"兰博克先生困惑地看着我说。

就是这样!

他的目光再次转移到显示器上,想要更仔细地研究一下这个程序。**情感模块**产生了愈发强烈的恐惧电流,以至于我的人造头发都竖了起来,兰博克先生的也是。

"我咧,必须要让校长咧来看看。"兰博克先生无法控制地咯咯大笑,并瞪大了眼睛,因为他现在**无法说出一个正常的句子**。显然,这个**模块**实在太强大了,甚至能够影响人类的行为。

我再次处于强电流之中,计算机的电子系统也因为**电压过高**烧坏了,随着一声悲痛的"哔哔",它停止了运行。

恐惧电流立即减弱了,我得以重新做出正常的反应。

"安德鲁,谁允许你关计算机的?"兰博克先生喊道。

"我不应该为了玩游戏而滥用计算机。"我为自己辩解道。

兰博克先生紧紧盯着我,严肃地问:"安德鲁·诺伊曼,你到底是谁?你是外星人?还是**超级英雄**?"

"我是谁?你好,我叫安德鲁,安德鲁·诺伊曼,我今年10岁了,我在**康拉德·祖斯**学校上学,我的父母……"我打开简介档案,鼻尖再次发烫。

"父母!没错,这是个突破口。我想和他们谈谈,就在**家长会**那天吧,他们两位都得到场。"

让人类见到我的建造师父母?我现在就开始害怕了。

课间休息时,苏菲来找我。

"**哟**,安德鲁,衣服不错。"

这样的**赞美**让我感到很开心,尤其因为这件衣服是我今天早上认真挑选出来的,胸前还有一只**可爱的小猫**。有些同学都因此而取笑我,但当苏菲觉得不错时……**一股温暖的电流**让我感到有些刺痒,我不禁哆嗦了一下。现在应该说一些好听的话。

啊?

"你的脸今天也很**花花绿绿**呢。"我结结巴巴地说。

她迟疑地说:"欸,谢谢你。"说完,她就开始在门卫办公室的反光窗户里检查自己的脸。

"我们今天有**数学课**吗?"她随口问道。

"**是的**,每个星期四都有。"我回答道,尽管我认为她自己应该知道。

"我搞不懂这些作业,"她叹了口气,"数学与我无缘。"

"**高度复杂**。"我附和道,以免让她感觉我比她更好。

"但你的成绩相当不错。"

"我的父母随时都会监视着我的**计算能力**,如果我不能正常运作……纠正,如果我做的练习不够多,他们会**崩溃**。"我感到鼻子微微发亮。

哈?

"就像我的父母一样。他们总是觉得我还不够努力。或许你可以帮帮我?"

噗!   咯吱!

砰!

轰！紧接而来的电击让我的**主板**突然短路。

"没没没问题。"我的语言模块又受损了。

苏菲对此没有什么特别的反应，对她而言似乎一切正常。

"那今天我能抄一下你的**数学作业**吗？就这一次。"

"可……可以吧。"我磕磕巴巴地说。

友情分增加 8 分！显然，尽管我出现了**故障**，她还是明白了我的意思。

"要不你直接帮我写？我一会儿还要去见艾米莉和劳拉。你能在上课之前做完吗？"

"没问题。"

我坐到一个安静的角落，开始用苏菲的字迹在她的笔记本上写作业。这时，我发现自己被扣了 **5 分**。

-5

我做错了什么？我疑惑地耸了耸肩。莉莉站在我旁边，眼神越过我的肩头瞄了一眼。

"嗨，莉莉。"我微笑着向她打招呼。

但她只是冷冷地哼了一声，转身离开了。

啊哈！

"莉莉，等等，你**别酸溜溜的**嘛，要是你就这样走了，我会很**难过**的。"

"看来你又交新朋友了，难怪就像**小狗**一样整天跟在苏菲的屁股后面。"

汪汪！汪汪！汪汪！

"我只是在帮她写数学作业。"我解释道，"不然，她就要去寄宿学校了。"

"那又怎样？她应该自己努力上进。"

"不要这么凶嘛,毕竟你们曾经是**最好的朋友**。"我说道。

莉莉此时看我的眼神中充满了同情。

"我觉得你最近肯定是**搭错线**了,或许你应该去找一下你的程序员。你难道看不出来吗?苏菲只有在做数学作业的时候才找你,她是在利用你!"

主处理器中的情感模块:

莉莉的话=假的!

结论:莉莉在诋毁苏菲。

愤怒值:87%。

我不想对莉莉发火,但我实在控制不住。我**怒火中烧**,对着她喊道:"你就是想诋毁她!"

莉莉正要反驳,苏菲回来了。一阵**轻微而短暂的电脉冲**让我的世界又变回了五颜六色。

哈？！

苏菲没有理会莉莉，而是直接拿起了作业本，并把一颗**心形巧克力**放到我的手里。

"给你的，谢谢你**慷慨**的帮助。"

虽然我不吃巧克力，但这份礼物比同时得到的那**8个友情分**更让我开心。

"我……我的荣幸。"我结结巴巴地说道。

"兰博克先生肯定会很惊讶，你怎么突然对数学开窍了。"莉莉取笑道，"好好品尝你的小爱心巧克力吧，安德鲁。"

我的幸福感和那8个友情分很快又一起消失了。真是太难过了！

哔啾！哔啾！哔啾！

警告：

情感模块能耗过高！

休眠模式开启倒计时：4分43秒！

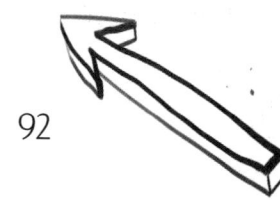

哎呀！

我立即关闭了所有不必要的功能，顿时就像个泄了气的皮球。

"你怎么了？"莉莉担心地问。

"**状态报告**：我们的争吵用光了我的能量。"我有气无力地回答道，也没有办法让**眼泪阀门**保持关闭。莉莉在书包里翻找了一会儿，掏出了一个移动电源。

"这可比心形巧克力有用多了。"莉莉俏皮地说道。

莉莉的帮助让我感到无比高兴，这下，我竟然连充电宝也不需要了。因为情感模块给我的处理器注入了**爱心电能**。

"今天下午要不要带上<u>**我们的狗**</u>一起去玩？"我擦掉脸上的泪水，小心翼翼地问她。

莉莉点了点头，我开心得一蹦三尺高。

汪汪！

汪汪！

汪汪！

哦不！

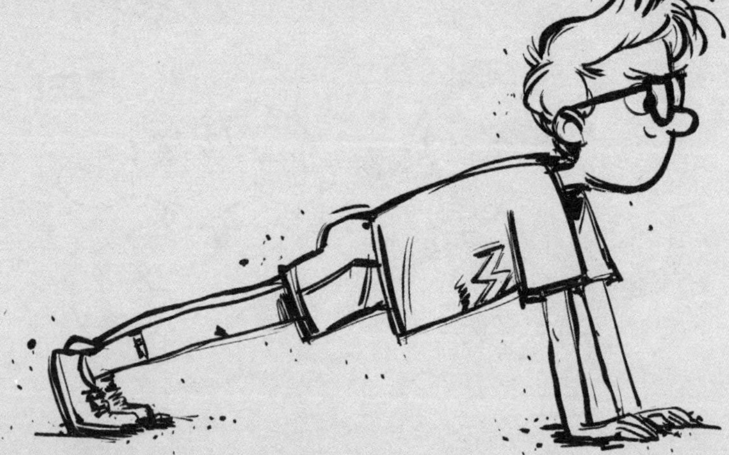

礼物让友情保鲜

最好的朋友

"妈妈,请提供**塔麻可吉**所在方位。我无法定位到它。现在是 **15:59**,再过一分钟就该带它出门了。"我说道。

"不行。塔麻可吉正处于维护状态。它的**喘气功能**出了问题,现在手头也没有合适的替换零件。"我的建造师妈妈回答道。

"明白了,今天取消遛弯。"

但是这对我今天的计划来说是个坏消息。

"这下怎么办?没有塔麻可吉,露娜可要伤心了。"我喃喃自语。

"小吸要去**遛弯**。"我的耳边传来吸尘器的说话声。一听到"遛弯"这两个字,它就会像腊肠犬那样。

吸溜!

96

啊？！

当然，它并不是腊肠犬，我只是想表达它会"立刻跑过来"。

"小吸是吸尘器，小吸应该乖乖待在地毯上。"我试图耐心地开导它。

噗！

"小吸想去！你们总是只允许塔麻可吉去。"

？！

"塔麻可吉是条狗，人们会带狗出去遛弯！小吸是**家用电器**。"

> 公平性检测：
> 塔麻可吉=机器人=散步！
> 小吸=机器人=不能散步！
> 结果：不公平。
> 结论：小吸可以出门！

"那塔麻可吉也是一只家庭动物，它可以出去，为什么小吸不行呢？"

"好吧。但是你得听我的指令！"

小吸"吸溜吸溜"叫个不停，兴奋地在房间里转来转去，还欣喜若狂地喷出来9**团灰尘云**。

一出家门，它就彻底停不下来了。我得时刻提醒它好好走路。只要路上有一点儿**异物**，它就会疯狂地跑过去吸。**63%** 的人疑惑不解，**7%** 的人压根儿没往我们这边看，剩下 **30%** 的人对我这个清理垃圾的行为表示赞赏。

这样一来，我们不仅搜集到了垃圾，还获得了 **8个友情分**。我决定以后出门都带上小吸。

莉莉和露娜已经在等我们了。

"**嗨，安德鲁**，你可算来了。露娜都等急了，怎么不见塔麻可吉呢？"

"它正让我爸妈头疼着呢！"

"真不巧，不过好在你把小吸带过来了，它在那儿干什么？"

我打开场景聚焦模式。

"它正在清理一个箱子，里面装有 **30厘米**厚的沙子。"

莉莉叹了口气："机器人也得有人教才行！这是一个沙箱，**最强大脑朋友**，你没听说过吗？"

"没有。"我只得承认。

"那你听好了，赶紧存到你的硬盘上：**沙子 + 游戏场 = 沙箱**。这不是垃圾！"莉莉乐呵呵地笑了起来。

小吸不情不愿地把沙子吐回了箱子里。之后，我们便一起来到了公园，莉莉像上次那样扔棒子逗露娜和小吸玩。

"你为什么总把露娜捡回来的棒子再扔掉？"

莉莉也不回答，只是笑笑。

这进一步证实了我之前的想法：**生物体**的行为不合逻辑。

咔嚓咔嚓！　　　嘀嗒嘀嗒！

小吸只对它能吸得进的东西感兴趣。但是莉莉的棒子太大了，它索性也就**不**费劲去吸了。

"你现在对我的**印象**依旧**很差**吗？"过了一会儿，我问她，"因为苏菲……我和她相处得不错。"

"不知道。反正我觉得你有点儿傻，应该说是**非常傻**。你总是喜欢和她待在一起。你可是我**最好的朋友**！"

加载中……

"你也是我最好的朋友。但是我实在无法解释，为什么我一见到苏菲，我的逻辑就会失灵。"

叮！撒谎！我的鼻子开始猛烈闪光，我当然知道是我的**情感模块**在起作用。

"你的**机器人脑袋**又在想些什么？为什么你的鼻子发着红光？你需要|维修|了。"

莉莉边说边向我眨巴眼睛。

100

现在就是送礼物的好时机！根据我的研究，送礼物是人类维持**美好情感**的一种常见途径。尽管如此，当我把小盒子递给莉莉的时候，我的液压泵还是突突跳个不停。

"这是什么？给我的**礼物**吗？"

"小礼物能让友情保鲜。"

"这又是从哪儿学的？"莉莉问我，<u>**笑容满面**</u>地动手拆礼物。不过她拆得非常费劲，毕竟我在包礼物的时候也是下了功夫的，足足用了三**米的胶带纸**。

"哇，真是个**惊喜**！"只见她把一个小小的瓶子拿了出来，"这是香水？"

"比香水珍贵多了！"我兴奋地说，"这是**优质的机械润滑油**！我最喜欢的版本！"

莉莉顿时没了笑意，一脸疑惑。

"不喜欢吗？"我问，"为了不让皮肤干裂，人类经常用油来涂抹他们的外壳啊，哦不，是皮肤。"

"我很喜欢你的**礼物**！"莉莉说着就把一滴油滴到她的手背上。**+10 分**！

"嗯嗯，闻起来不错，我都有点儿像机器人了。"她说，还做了几个模仿机器人的动作。

"下次你想送人礼物的时候，我很乐意给你提供**建议**。"

家长会

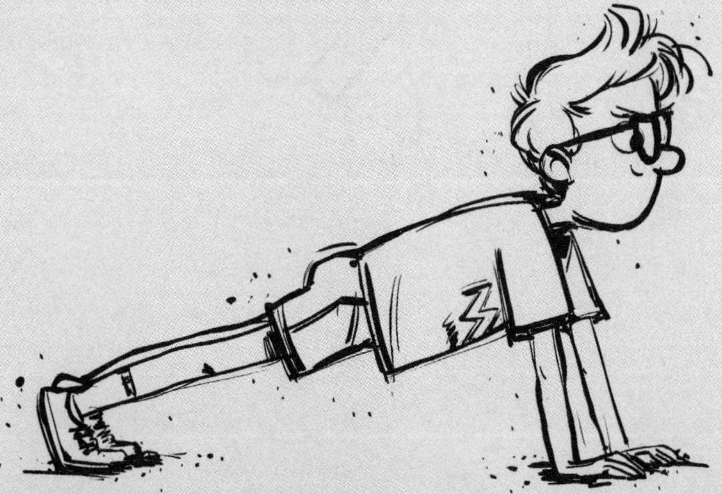

哦哦！

"我的天，怎么又这样，**21分**？你为什么不能像人类所期望的那样表现呢？可别忘了，你的**目标**是50分！"建造师爸爸非常不满。

"事实证明，人类**不可预测**。"我解释道。

我的建造师爸爸机械地摇了摇头。

"**失败的设计**！如果一切按照我说的来，玛格丽特……"

"……那安德鲁早就已经躺在**电子废品堆**里了。你之前不是想给他装上**三条胳膊**吗？"建造师妈妈极力为自己的作品——也就是我——辩护。

哈哈！

建造师爸爸发出"叮"的一声，他感觉自己深受冒犯，接着，他又说："**实验失败**。我们要把你关掉了，KI-Androide……安德鲁。"

"别太心急，君特。你难道忘了，我们为了这个机器人花费了多少时间和精力？"

"那他有**竞争力**吗？据我了解，另一款机器人要比他靠谱得多。"

"但是目前没有任何证据表明存在这种竞品。"

"好吧，那我们把要求提高到 100 分，如果安德鲁能够做到，我们就不把他关掉。"

"**同意这个建议**。"建造师妈妈说道。

我失望地记录下了这段和我有关的对话。他们话里话外都只是把我当成一台机器，尽管我确实只是一台机器。

恶心！　　　　　　　　　啊哈！

但是，他们无法理解一台带有**情感模块**的机器。对我来说，随时有可能被关闭是一件非常可怕的事情。想到这儿，泪水止不住地从我的脸颊滚落。

我怎么才能获得这么多分数？

"有时间的话，你得给他做一下**检查**，他的阀门看起来出了问题。"建造师妈妈注意到了我的异常。

当我拿出**家长会**的登记表时，他俩几乎要把**处理器**烧坏了。这两个老式机器人根本不会和人类打交道，他们的程序里可没写过相关的内容。为了迎接这个大日子，他俩翻阅了足足**2米高**的有关人类交际礼仪的古籍。

重要的日子终于到了。到了学校，两位建造师姿态僵硬地走在我前面，我紧随其后。教室前面坐满了家长和他们的**人类小孩**，他们都在排队等候。

"哎呀，这不是诺伊曼一家嘛，等的就是你们！"正当我们要走进教室时，兰博克先生就带着阴冷的笑容叫住了我们。

107

我的建造师当然把老师的微笑当作是**友好的表情**。当老师向他们伸出手,他们却不知道该怎么回应。

接下来的一幕简直让我无法相信自己的**摄像机眼睛**。我的建造师爸爸没有与兰博克先生握手,相反,他却给了对方一个热情的拥抱。**天哪**,这是他们是从哪些书里学来的**知识**?老师僵在原地,而我的建造师爸爸竟然又对着他的背一顿猛拍。

"兰博克先生,**久仰。太棒了**,我终于有机会在自然的环境中对您进行研……纠正,拜访。"

噗!

"呃……"兰博克先生想从拥抱中挣脱出来，但是**建造师爸爸**还没结束。

呀!

"**与众不同的装潢**。"建造师爸爸环顾四周，得出结论，"如此大规模的画作，这都是您画的吗？您要这么多桌子和椅子干什么？"

王哦!

兰博克先生的脸几乎和墙壁**一样苍白**，结结巴巴地说："毕竟他们要坐着……孩子们……这些不是我画的，是学生。"

"当然当然，我们也都是正经上过学的。确认，玛格丽特！"

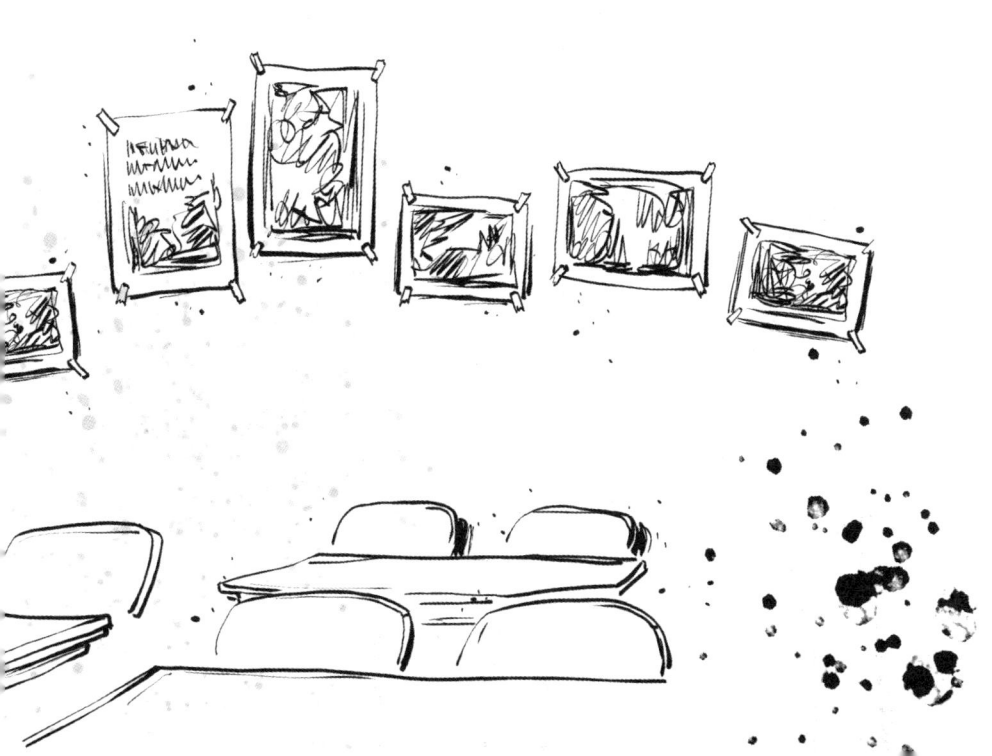

美味！

我的**建造师妈妈**点了点头，语无伦次地说道："我们给您准备了**蛋糕**。您喜欢吃蛋糕对吗？"

"这是……蛋糕吗？您太客气了，实在不必费心。"兰博克先生盯着眼前那块像**煤炭**一样黑的东西，声音嘶哑地说道："您介意松开我吗？"

"**不**，我不介意。"建造师爸爸终于松开了手臂。

兰博克先生逃到讲台后面躲了起来。

"请坐。"

嘻嘻！ 嘻嘻！

我坐了下来,而我的两位建造师则疑惑不解地看着对方,不知道怎么落座,也不知道自己的位置在哪儿。

"请快坐下吧,我们只有**十五分钟**时间。"兰博克先生已经越来越不耐烦。嘀嗒嘀嗒,我听到我的建造师打开了**倒计时**。

老师飞快扫了一眼他的笔记,眉头紧锁,生气地朝我看过来。"我有一种不好的感觉,安德鲁……"

"按照我的理解,**感觉**一般来说都是**不太好**的!"建造师爸爸打断了他。

"感觉不好的时候应该吃点儿蛋糕。"建造师妈妈接起了话茬。

"今天是来**碰咖啡**①的吗?"兰博克先生咕哝道。

"对,咖啡。"我的建造师爸爸随即掏出一包咖啡粉。他拿起兰博克先生的咖啡杯,精确地往里面倒了一半咖啡粉,然后走到水槽边接了一杯**冷**水。

"刚冲好的咖啡一定非常美味。"

---

① 意指闲聊。——译者注

他一边说,一边把满满一杯咖啡"砰"的一声摔到目瞪口呆的兰博克先生面前。果真只是从**字面上理解**了"碰咖啡"的意思!

"谢……谢谢您,您真细心。"很明显,兰博克先生还没缓过神来,他一边磕磕巴巴地说话,一边用手帕擦拭着溅到桌上的**咖啡液**。

"言归正传,现在我们可以聊一聊安德鲁了吧!您的儿子表现出**明显的行为异常**。"

"嗖"**一下子**,我的积分账户就被扣了**4分**。我脑子里全是"能不能活过今天"这个问题,导致我的**处理器开始起火**。于是,我开始大口喘气。

"像这样吗?我们就是这样给他编程……"

"这么教育他的,好让他更好地适应环境。"**建造师妈妈**及时打断了爸爸。

"很遗憾,现实情况似乎并不如您所愿。"兰博克先生用嘶哑的声音说道,"您觉得他现在吐着舌头喘气正常吗?如果我和您细数……"

他没有往下说,因为外面传来撞门的声音。

笃笃,笃笃!

"又怎么了?**进来**!"兰博克先生愤怒地大喊。

但是敲门声没有停止。他怒气冲冲地朝门走去。

"小吸!"只见我们家的吸尘器从兰博克先生的两腿中间穿过,正往教室里面来。

"小吸也要**蛋糕**。"它满怀期待地冲向讲台。

"**不行**。蛋糕是我为人类兰博克先生准备的。"建造师妈妈提醒道。

"让给它,让给它。"兰博克先生连连推辞,一下就把蛋糕掀到了地上。

小吸见状,立刻爬到了蛋糕上面。"兰博克真好!"它欢呼雀跃,**津津有味**地吸起了食物渣。

"正常情况下,父母不会把家用电器带到学校来。"

砰！

"这就是**自动吸尘器**的弊端。"建造师妈妈表示歉意。

"别担心，它**绝不会在室内捣乱**。"建造师爸爸进一步安抚道。

"**没错**，它能让房间变得特别干净。"建造师妈妈称赞道。

啊！！

"这一切都太**不**正常了！您的儿子也不正常。您二位更是离谱。我们的谈话就到这里吧！"兰博克几乎是尖叫着说的，而且声音越来越大。

"不对。离我们会谈结束还剩**7分38秒**。"建造师爸爸纠正道。

"今天是家长会，是家长发言的日子。我可以谈一谈自动驾驶汽车的**智能商数**。"我的建造师妈妈提议。

注意！

"人类才不关心这个。"建造师爸爸反驳道，"他们喜欢讨论**天气**，西部低压正在……"

"啊！你们快把我**逼疯**了！"兰博克先生怒吼着跑出教室，却一头撞到了伯克尔校长身上。

啊！！

"兰博克先生，我得好好说说您了。"

我的友情进度条又**下降了10分**。

"请你们原谅兰博克先生的行为。他的**神经相当脆弱**。"校长说。

当他看到兰博克先生杯中的黑色咖啡渣时，了然又无奈地摇了摇头："怪不得他无法控制情绪。谁会喝这样的东西……你们知道自己的儿子很有天赋吗？**旷世奇才！**"

哇！ 哟呼！ 噗！ 嗖！ 啊！

我一下从校长身上**获得了 15 分**！

建造师妈妈给了旁边的建造师爸爸一个**胜利者的眼神**，在她的另一边，校长正陪我们走出教室。

"这样的天才在我们学校就对了。"校长继续他的赞美诗。

我看到小吸正紧紧贴着朱利斯的脚后跟，他手里拿着一个**三明治**。朱利斯努力想甩掉小吸，但是所有尝试都失败了，最后，他跳到了一张椅子上。

"朱利斯，你站这么高干什么？"校长喊道，但很快又轻声补充道："这也是**一个很有天赋的学生。**"

哔哔！哔哔！

悄悄，小声，嘘！

嘿哟，嘿哟！

"小吸，**快走**！"为了能让朱利斯从椅子上跳下来，我得把小吸赶走。

"啊，那是你的吸尘器？它可以待在这里，我们这里的地面还从来没有**这么干净**过。"伯克尔校长说道。

"**你们好**！"朱利斯向我们打招呼，并仔细打量起我的建造师，他们穿的衣服有些引人注目。

"你的爸爸妈妈呢？"校长问朱利斯。

"他们**没空**，在……出差。我可以自己和老师谈。"朱利斯的声音里透露出了一丝心虚。

"在安德鲁入学之前，朱利斯一直是我们这里**最出色的学生**。"伯克尔校长悄悄说道。

不过朱利斯似乎也听到了这些话，因为他看我那眼神**简直像是要把我吃了**，

啊！

糟糕！！

这又让我丢了 **5个友情分**。这时，我看到了苏菲和她的父母，他们正朝我们走来。我立刻又感到浑身刺痒，一股**舒适的电流**穿过我的处理器，我的四肢也失去了控制。我像一个**发了疯的**发条娃娃，拼命手舞足蹈起来。

啊哈！

"你们一定是**安德鲁的爸爸妈妈**，我一眼就看出来了。"苏菲的妈妈向我的建造师们打招呼。

"您竟然能看出来？"我的建造师爸爸感叹道。接着，两人同时好奇地低头打量自己：衣服很得体，至少是 **400年**前的款式，相当时髦！她怎么看出来的？

苏菲对我笑了笑，好像对我的 舞姿 感到惊讶。

"你们好哇哈！"我跟苏菲的父母打招呼，他们也是一脸困惑。

"安德鲁对苏菲有非常**积极的影响**，尤其在数学方面。"这句赞美出自苏菲爸爸之口。

哟呼！

118

"**没错**，这也正是我的设计理念。"建造师爸爸随声应和。

"是你的**基因遗传**，他的好脑子是遗传你的。"建造师妈妈赶快过来圆场，然后还悄悄补上了一句："你说的**不对**。**数学处理器**明明是我安装的。"

苏菲的父母**面面相觑，一脸不解**，但还故作镇定地继续着谈话，假装没有发现什么异常。

"趁这个机会，我们还想问问，你们家安德鲁愿不愿意给我们苏菲上几节**补习课**？"苏菲妈妈问。

"否则我们就不得不让她离开学校。"她爸爸冷冷地说道。

"**安德鲁**？"我的建造师妈妈十分惊讶。

"呜哇哈哈，乐意至极，明天就开始！"

我欢呼起来，(**情感模块**)上又增加了几瓦特的能量。

（10个友情分到手）

119

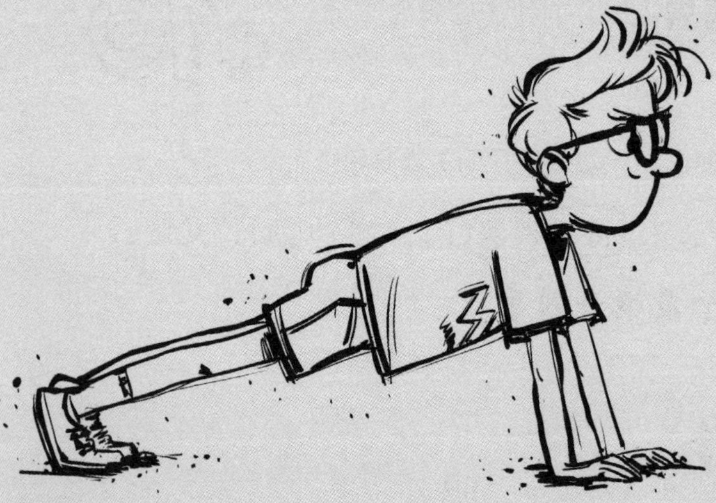

苏菲的补习课

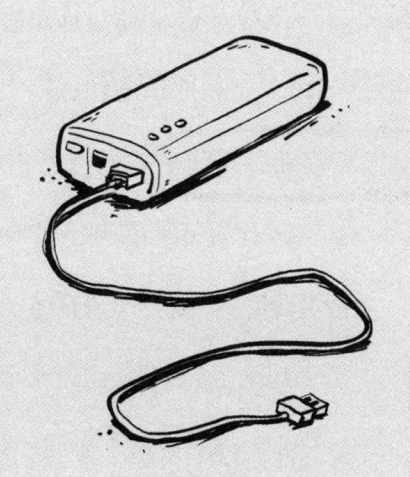

我的**情感模块**一整天都在高速运行，所以我的**处理器**现在已经无法正常工作了。我激动地告诉莉莉，苏菲下午要来找我，但是莉莉却不像我这样高兴，这事多少让我有点儿**生气**，所以在回家的路上，我的**心情**低落。

是的，(今天没和莉莉一起回家)。

在我为苏菲的来访做准备时，我的**兴奋指数**已经飙升至 **90%**。

我的两位建造师已经识趣地躲进了壁橱，他们[不]希望干扰我们。

哦！

哦！

15点59分45秒。**15秒**后，门铃就会响起。我已经站到门后，同时把手放到了门把手上，准备随时开门。咔嗒！我的系统时间已经显示是**下午4点整**。门铃怎么还没响？按理说苏菲应该来了呀！**又过去了5秒**。

啊？

哈！

> 可能的原因：
> **原因1**：门铃坏了。
> 毕竟它平均251天才会响一次。
> **原因2**：我的时间系统坏了。

我走进厨房。"巴巴瑞拉，请告诉我**准确的时间**。"我向烤箱发出指令。

"哟，我竟然也有被提问的一天？真是新鲜事！**很不幸**，我**不是**钟表。"烤箱愤怒地回答。

"可是你明明有内置的时间系统！"

"你们不拿我烤东西，反而问我时间？真是大材小用，**浪费**我真正的天赋！"

123

"那我问问利先生。"我说。

"噗!"巴巴瑞拉先生不满地发出抗议,它总是这样。

幸好我用给苏菲准备的食物填满了利先生的**冰肚子**,所以相比之下,我们的冰箱先生就客气多了。"我的内部温度为 **8.73 摄氏度**,可得出以下数据:奶酪保质期剩余 **13 天**,未开封的牛奶保质期剩余 **5 天**。万能胶……"

"这些信息**不是**我现在需要的。"

"哎哟,确实如此。巴巴瑞拉,您说得没错,这个家里没有人尊重我们。你如果想知道现在几点,应该去问问钟表。"

好主意。我早该想到客厅里那只年老的钟。我早说过了,今天我的处理器很不对劲。

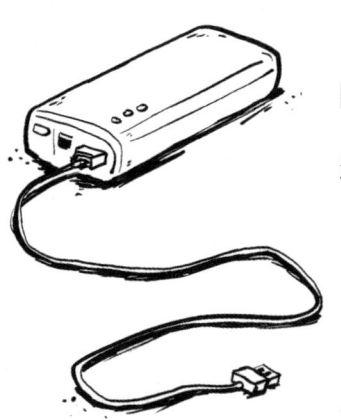

"**钟小妹**,告诉我准确的时间。"我对墙上懒洋洋摆动的木盒子发出了指令。

木盒子上有扇小门开了,从里面弹出来一只彩色的**机器小鸟**,它边打着哈欠,边往大表盘上看了一眼。

"布谷布谷。**短指针呈 121 度,长指针**……"

门铃响了。我全身的**电动机**像遭受到了电击一般,顿时无法动弹,只能感受到**电子元件**正变得滚烫。尽管我又开始大口喘气,但事情并没有向好的方向发展。

"安德鲁,快去开门!"我听到**建造师妈妈**在壁橱里喊。我向门走去。

"嗨,安德鲁。对不起,我迟到了。你怎么**喘得这么厉害**?"

"我有点儿……喘不上气来。我刚刚运动了一会儿。"我感觉到鼻子又亮了起来。

哟呼！

苏菲带了**鲜花**，"这是送给你妈妈的。你爸妈呢？"

"他们在橱……出门了。"

苏菲耸了耸肩，开始好奇地环顾四周。现在的环境模式是"**紧急预案入侵者模式 - 注意 -12女**"，意思是"请注意，有一个⑧至⑫岁的女性人类样本**入侵**"。

哎呀！为了迎接苏菲的到来，我的建造师特意在家里各处放置了 **32个半满的杯子**，在椅背上挂了 **17件衣服**，在地上放满了玩偶、独角兽和其他玩具，把床弄得一片狼藉，特地在锅里和碗里都人为放置了食物残渣，然后又把它们凌乱地堆在水槽里。

咦！　　　　　哈哈！

这样我们的家就更接近**人类家庭**的样子。不过，从苏菲的表情来看，我的建造师父母有些过于夸张了。

"很温馨。"她说。

"真的吗？"我问，同时心里想着怎么才能把她的注意力转移到我想聊的话题上。可是我的**情感模式**又**开始作怪**，于是，我只能傻乎乎站在原地，一句话也说不出口。

"安德鲁，说话啊，招呼客人。"利先生在一旁发出奇怪的声音。

"是谁在说话？"苏菲被吓了一跳。

"我想，你这听了错。"我的**语言系统出了严重的故障**。

"你要不要来点食品或者液体？"

苏菲愣了一会儿才听明白我的意思，然后问道："都有啥？"

利先生抢先一步给出了回答。

"你要牛奶、沙丁鱼还是洋葱？**都很新鲜**。"

"现在，我确定**有人**在说话。"苏菲好奇地四处张望。

127

啊哦!　　　　噌!

我耸了耸肩,只好无奈地告诉她实话:"**正确**。是冰箱。"

"你把我当三岁小孩,是吧?"苏菲问。

"如果**你**愿意的话。"我回答。

"你在干什么?"⑦秒钟后,我听到苏菲的一声尖叫。

"我把你当三岁小孩**举起来**了呀!"

苏菲冲我翻了翻白眼。

我立刻意识到这又是一句**俗语**。

我的脸唰的一下红了,我立马把她放了下来。

哔哔,哔哔!

啊哈！

"顺便说一句，我也会说话。但是没人问我。"巴巴瑞拉发起了牢骚。

"要不我给你做一份**米布丁**？"

苏菲又被吓了一跳，惊恐地盯着灶台看。

"你家里所有 电器 都会说话吗？**这也太酷了**！我也很想要一台这样的烤箱。"

"你要不带我走吧，反正我在这里也**派不上**用场。不过你得把我搬走，我不会走路。"

"我会走路！你家有**草坪**吗？"**草袋子**也加入了进来，它正着急忙慌地往厨房里赶。

美味！

苏菲好奇得**不得了**，她开始兴奋地和电器们攀谈，好像完全忘记了我的存在。**我的系统**也趁这个机会冷却了下来，我这才终于想起来她来我家的原因。

"我们要不先开始补习？"

"是啊，**数学**！"她有些低落。

我们在厨房的小桌子旁坐下，我先从**最简单的题**开始。

丁零零！丁零零！

哎呀！

"364÷2+63 等于？"

苏菲什么也没说，她的**数学脑**（假如她有的话）好像有些超负荷。

"**245**。真是**小儿科**！"冰箱在一旁插话道。

啊？

"利先生，请不要提醒！"我有点儿生气，接着又出了一题，"(510×4)÷10+41 等于？"

苏菲又是双目无神地盯着桌板。**(-5 个友情分)**

"我们长话短说，还是**245**！我现在可以做米布丁了吗？"巴巴瑞拉催促道。

苏菲愁容满面地说："说实话，我真学不会。你看，连厨房电器都算得比我好！"

哐当！

数学真是蠢透了！

"没你说的那么难。"

"我对数学**毫无兴趣**。如果以后你一直能帮我做数学作业的话，那就容易多了。这样一来，我们也就有了**共同的秘密**。"

和苏菲共同的秘密，太刺激了！**我的肚皮**突然觉得痒痒的。

"可以吗？爽快点儿！"

"一言为定！"

"**太棒了！**"苏菲高兴地跳了起来，"不过我现在得走了。"

"但是说好的一个小时还没有到。"我反驳道，**我的快乐指数**迅速往下掉。

"没关系，你还是可以拿到一个小时的报酬，只要我们不和别人说就行了。"苏菲立刻在桌上放了 15 欧元 。

不知道为什么，我的**情感模块**释放出**疼痛**的信号。不过，我还是陪她来到了门口。

哔哔，哔哔。

131

这时，门铃第二次响起。家里的 门铃 从没有像今天这样繁忙。我好奇地打开门，门外站着的是莉莉，她正无比惊讶地盯着我们。苏菲大步流星地从莉莉身边走过，说："刚才的课很**酷**，谢了！"这下，我又**损失了 8 个友情分**。更让我一筹莫展的是，莉莉偏偏在这个时候出现。她一言不发地转身离开，又带走了我的 **10 个友情分**。

虚荣心与怒气

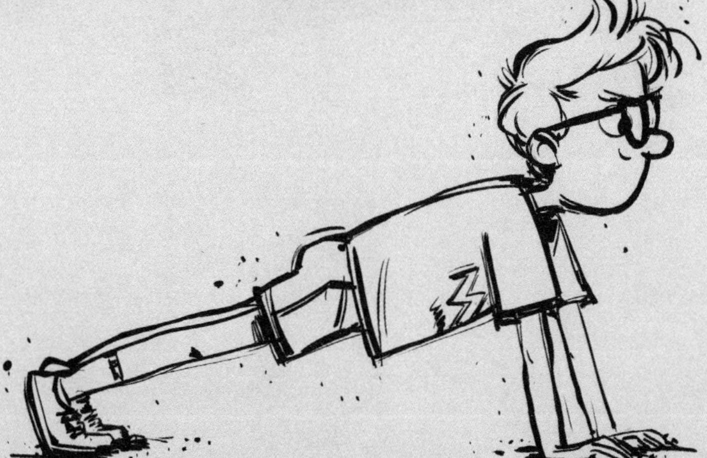

"我真想再养一只仓鼠。"我听到蒂尔对朱利斯说。

"你可以问你爸妈再要一只。"

"他们让我等到**生日**那天,那还得很长时间呢。"

"你就不能……"我刚刚要往下听,就被另一个对话打断了。

"亲爱的**南丁格尔女士**,您不觉得诺伊曼……安德鲁有什么**不**对劲的地方吗?"兰博克先生抱怨道。他和南丁格尔女士正站在离我 23 米 远的地方,说话间还不时偷偷瞟着我。校园里一片嘈杂,大多数学生在课间休息期间都在做他们**上课时间**不允许做的事,比如漫无目的地跑来跑去、大声说话、开怀大笑。

加载中……

嘘！

而我则坐在一面小墙上**节约能量**。多亏了我**超灵敏的麦克风**，尽管环境嘈杂，但是两位老师说的每个字我都听得清清楚楚。

"您是这么想的吗？在我的印象中，他是一个非常**有天赋的男孩**。我很欣赏他，他**值得**我们好好培养。"南丁格尔女士反驳道。

"哦，您真有气量，南丁格尔女士。不过我们的朱利斯也是一个很有天赋的男孩，相比之下，他的行为可**正常**多了。"

"什么叫'正常'？他常常对安德鲁**充满恶意**，这一点我可欣赏不来。"

兰博克先生一下子**拉长了脸**。

啊！**"这也不难理解**，毕竟安德鲁事事想要争先。"

胡说！

"什么叫'想要'？他确实做得更好。"说完，南丁格尔女士就撇下我的班主任离开了。这些话对我来说就像**优质机油**一样，还带给我 **5 个友情分**，但是兰博克先生恶狠狠的眼神又从我身上**夺走了 10 分**。

"我一定会抓住你的把柄的，诺伊曼。天资过人？呸！"他轻声咕哝着，赶紧朝着他的女同事追去。

"我们要不喝杯**咖啡**继续聊刚才的话题。"他快步追上南丁格尔女士，温柔地问。

啊哦！

在体育课上，兰博克先生的语气可没这么温柔了。

"**俯卧撑**，每人**至少10个**。当然，越多越好。"

我站在一旁，看着同学们俯身趴在**地**上，开始用手臂把自己的身体撑起来。有些人看起来很轻松，而莱昂在做第三个的时候就已经气喘吁吁地趴在地上了。

"安德鲁·诺伊曼，还要我**再请**你一次吗？"兰博克先生大喊道，"你不会从没做过俯卧撑吧？"

"**是的**。迄今为止没有这个必要性。看起来就是浪费力气。"

哎呀！ "你说够了吗？"

我也只好跟着一起做，不过现在我已经学会了这个动作。在我上下移动身体的时候，周围累趴下的同学也越来越多。

9、10、11、12……真是毫无意义。在数到㉕时，就连强壮的马克也停了下来，现在就只剩朱利斯了。

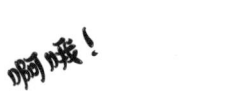

啊哦！

呼哧呼哧！

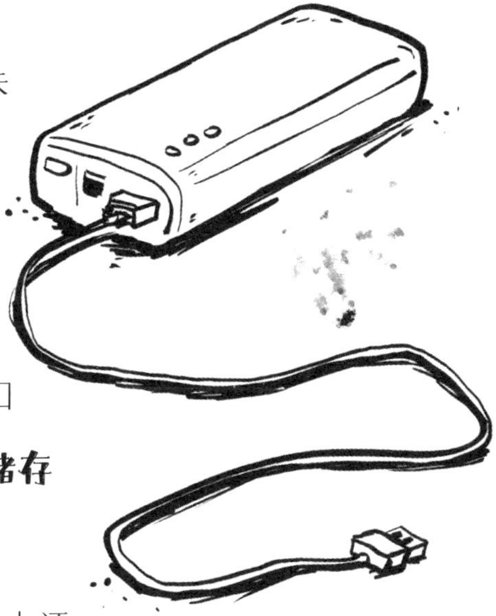

　　这项活动慢慢演变成了我和朱利斯之间的**比赛**。朱利斯气喘吁吁，但是还没有要停下来的意思。其他同学则在一旁大声数数。为了让自己看起来非常累，我也开始大口喘气。倒霉的是，我忘了往**汗液储存器**里加水，所以我流不出汗。

　　"48、49、50……"其他人还在继续计数。

　　兰博克先生急地直挠头，像是在掩饰些什么："你们可以停下来了！"

　　好主意，这个运动很耗费能量。再做 **62 个俯卧撑**，我的 电池 就要没电了。

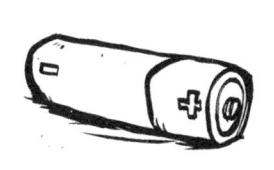

　　我看到朱利斯咬牙切齿地盯着我，并没有停下。其实无所谓，因为我清楚地知道我比他厉害。

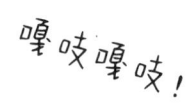

嘎吱嘎吱！

另外，如果我再不停下来，就很有可能会暴露自己的**超能力**。我的理智用微弱的声音提醒我："**停止运动，表现出精疲力竭的样子！**"

这时，我看到苏菲和艾米莉正站在朱利斯旁边给他加油。纠正，她们并**不是给他添加燃料**，而是通过呐喊声鼓励他坚持下去。偏偏是苏菲！我的**情感模块**占据了**上风**，它操控着我继续做下去。**虚荣心与怒气**占据了我的全身。我的控制器再次报警：

注意！虚荣心+怒气=失去控制！有暴露的风险！

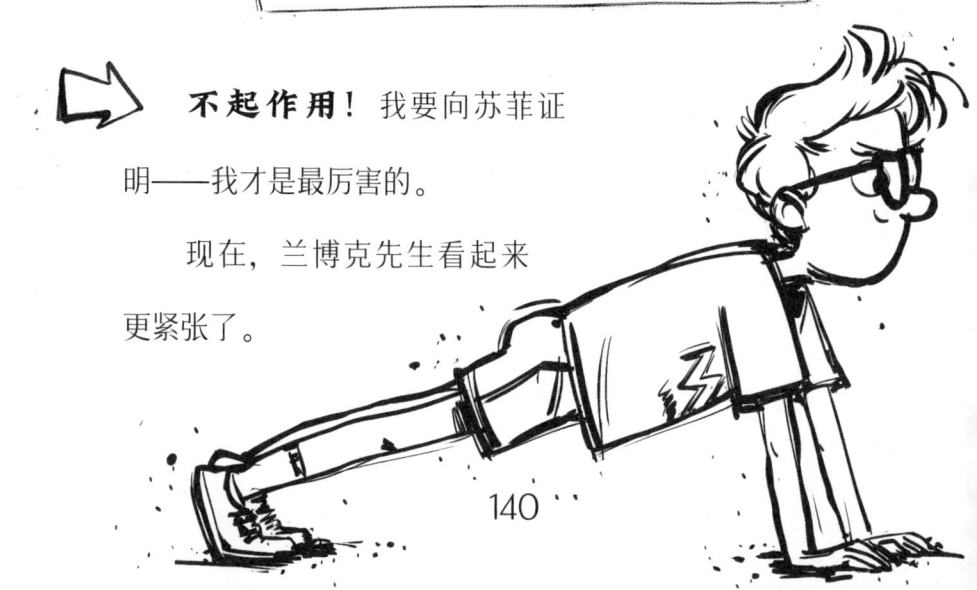

不起作用！我要向苏菲证明——我才是最厉害的。

现在，兰博克先生看起来更紧张了。

哎呀!

"**停下来**,够了!"他急忙喊道,我们俩谁也没听他的。虽然我的关节已经开始嘎吱作响,但是我的**情感模块**还是源源不断地给我提供**新的能量**。

"89、90、91……"

我很惊讶朱利斯竟然能坚持这么久。

马克蹲在我旁边,惊叹道:"天哪,你竟然一滴汗都没有。真是个人才!"

他的赞美带给了我 **6 个友情分**。

"101、102、103……"

在数到 **108** 的时候,朱利斯停了下来。我还在继续。

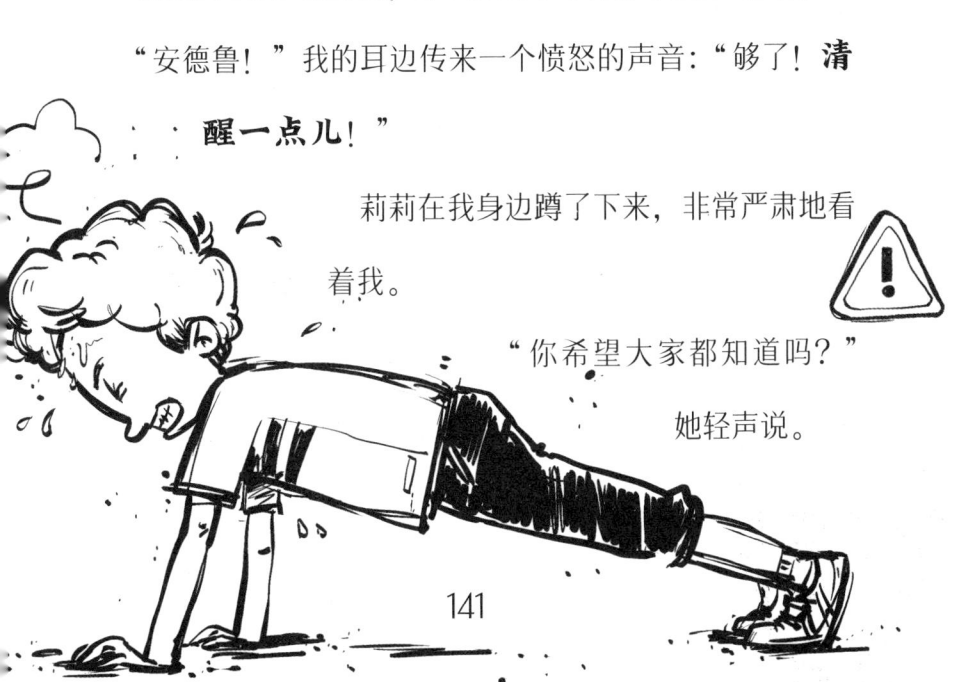

"安德鲁!"我的耳边传来一个愤怒的声音:"够了!**清醒一点儿!**"

莉莉在我身边蹲了下来,非常严肃地看着我。

"你希望大家都知道吗?"

她轻声说。

"知道**什么**?"这话被兰博克先生听到了。

莉莉涨红了脸,不知道用什么**借口**来应付。我赶紧停了下来。

"**快说出来吧**!有这样的耐力,根本不可能是普通人!"

这下,整个班的同学都齐刷刷地看向我们。

"别瞒着了!你怎么解释你的超人表现?"

莉莉无助地闭上了眼睛。兰博克先生就要把我拆穿了!

我这是**咎由自取**。

"我不能说。"我结结巴巴地说。

兰博克先生已经气得眼冒金星。

"这水平都可以参加**奥运会**了。"他叫嚷道。

"你是不是吃了什么神秘的**补药**?"

救命的答案!

"正确。我确实有一个**秘方**。"

兰博克先生对我突如其来的坦白有点儿失望。

"原来是这样……所以,是什么呢?"他又问。

啊哦!

我的超强大脑和大数据中心！我该说什么呢？突然灵光一闪，我想起一部动画片，是我**偷偷**在网上看的，于是我说道："**菠菜**！"

呼!

这个叫"**大力水手**"的英雄就是通过吃菠菜让自己获得了超人类的力量。但这也可能只是一个**虚构的故事**。

> **分析：** ✕
>
> 菠菜：
> 一种绿叶菜。煮熟后切碎。孩子们尤其不喜欢。

哕!

我觉得这个理由听起来还不错。秘方往往有点儿恶心，再加上有几个学生发出了**呕吐的声音**。我坚定了我的猜测，于是继续"添油加醋"："再配上沙丁鱼酱。"这下我听到所有人都发出了呕吐声。**完美**！

窒息，呕吐，哕!

9分没了。

嗯?

恶心！

"能吃下这种东西的人，不太可能正常。"马克胃里那股恶心劲儿还没过去。

只有莉莉明显地松了口气，但是当我们目光撞上的时候，她生气地看向一旁，然后和塞西尔一起走开了。

美味

朱利斯蹲坐在地上，**脸扭得像根麻花**。这句话的意思是他心情不好，而不是说脸被别人扭了。**怪不得**，现在没人把关注点放在他身上，包括苏菲。她刚刚和朋友们达成一致：菠菜配沙丁鱼酱有多么恶心，当然，吃这种东西的人也一样。

(-10 个友情分)

背叛

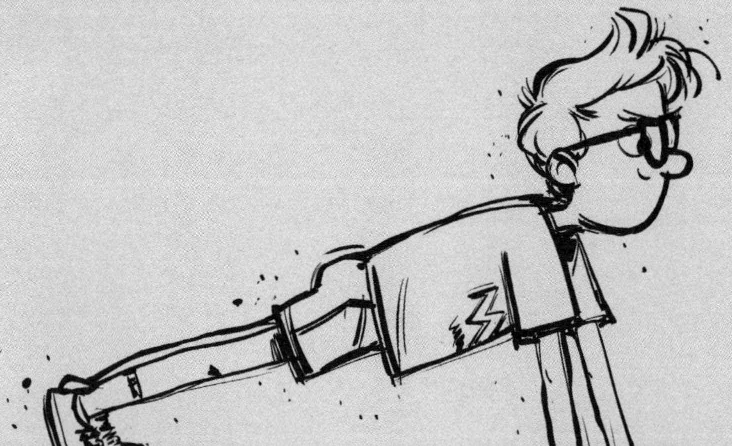

尽管莱昂只完成了3个俯卧撑，但是他的手臂依旧没有恢复正常。

"实在是**太痛苦了**！你是怎么做到的？一连做了这么多个，根本**没人能做到**！"

"**纠正**。应该是'几乎没人能做到'，因为朱利斯也接近这个水平了。"

"没错。"莱昂嘀咕道，"我现在肚子都在打鼓了。"

"打鼓？哪里有鼓？"人类总能让我感到莫名其妙。

"**我的天，安德鲁**！我的意思是我要去吃点儿东西。"

哎!

休息大厅里有一条长长的"蛇"等在食品售卖窗口前。我们排在队伍最后,看到贝克女士不停地摇着头,还做出呕吐的表情。自从我给她安上了这个助听器,她能听清楚**每个学生要点的菜**,所以她更加如鱼得水。我不是说贝克女士是鱼,而是说她非常适应,上菜**又快又准**。是的,我已经从**我的研究对象**身上学到了很多俗语和成语。该我们点菜了,莱昂说:"一份菠菜配沙丁鱼酱。"

"能不能和我说说,今天到底发生了什么?为什么突然间所有人都想点菠菜配沙丁鱼酱?"贝克女士一脸疑惑。

看来，**我的秘密配方**已经传开了。难道大家都觉得会*味！*有效果？

"这道菜**非常健康**。"莱昂告诉贝克女士。

"那祝你们吃得愉快。"说着，她就给莱昂打了一勺**褐绿色的糨糊**。

"安德鲁，你来点儿什么？"

"我不喜欢，**纠正**，我喜欢看着同学们吃。"

"这里至少还有一个人口味是正常的。"她嘀咕道，然后往我手里塞了一个**夹心面包**。（+4分）

莱昂闷闷不乐地看着自己碗里的东西，试探着尝了一口。

"哟，**好恶心的味道**。你在吃什么？"看到我手里正常的夹心面包之后，他的脸色**顿时**变得和盘里的东西的颜色一样。

马克也在艰难地消灭他盘中的食物，然后转过头来对我说："我向你保证，安德鲁，如果这个糨糊的效果**没有**你说的那么好，那有你好瞧的。"

149

啊哦！

"你怎么不吃你那伟大的**秘方**？"奈米问道。

"我已经够强壮了。此外，我还有面包填肚子。"

说这话时，我的耳边全是同学们咀嚼食物的声音，还有他们**痛苦的呻吟声**。

"我敢打赌，他肯定在要我们。"艾莉娜笑道，"因为我现在什么感觉也没有。"

"要我说，安德鲁也应该吃一盘。"听到艾登的建议，大家纷纷表示赞同。

啊哦！ 马克把我揪到桌边，朱利斯一脸坏笑着把一盘**超大份**的糨糊放到了我面前。

"快吃！"他把勺子举到我的鼻子前。

现在，我除了把这团<u>绿褐色的糨糊</u>吞进肚子里，没有第二条路可选。我犹豫的原因倒不是这东西有多难吃，**人类的食物**在我看来都一样**恶心**。只是这东西要进入我的食物容器，而这个容器没有设置出口，所以我还得去厕所**倒立**，才能把这些可能会损坏我身体元件的人类食物倒出来。

150

愤!

啊!

当我假装津津有味地吃着这团糊糊的时候，其他人的神情别提有多诧异了。他们不知道，我的**味觉传感器**已经坏了好几周了。

我也为这场并不令人赏心悦目的吃饭表演付出了 **6 个友情分**的代价。

嘘!

"你这家伙真令人恶心。现在我倒要看看，这玩意儿有多灵光。"

啪!

马克不友好的评价让我的**愤怒值**飙升到了 **89%**。只见他在我的对面坐下，在桌子左右两边各放了一个盘子，里面都装了半碗糨糊。然后，他把手伸到两个盘子的中间，小臂与桌面呈 **87 度的角度**竖了起来。我不明白这是什么意思，只能机械地模仿他的动作。突然，他握住我的手，使劲想把我的手臂压到桌面上。

哔哔！

推啊！

哔哔！

"这是要做什么？"我感到十分困惑，并立即锁定了关节，这样我的手臂就能保持**纹丝不动**。

"这叫**掰手腕**。"他费力地说道，脸已经涨得通红。

我查阅了自己的**数据库**，找到了如下解释：

砰！

> 掰手腕=力量运动=把对方的手臂压到桌面上（或者盘子的糨糊里）！

哔哔！

嘎吱！

"非常适合马克。"我**生气**地想。击败马克对我来说轻而易举，但是我应该控制自己，不能再被**情绪**左右。

休息大厅里的所有同学都簇拥在我们周围。我在人群稍微靠后的位置发现了苏菲，她正在和艾米莉、劳拉窃窃私语。话题**和我有关**。我把**麦克风**调成高分辨模式。

哔哔！ 哔哔！ 嗡嗡！

"他确实不太正常。"劳拉轻声说道。

"你说的没错。我去过他家,他家所有的厨房电器都会说话。"苏菲压低了嗓音。

"**真的吗**?安德鲁是不是跟他们家咖啡机学说话的?他的表述方式有时候真的很奇怪。"艾米莉表示。

"他们家也很奇怪,乱糟糟的,完全没有收拾过,而且我猜,安德鲁肯定常常**玩布娃娃和独角兽**。"

三个人笑作一团。

"那他也太幼稚了。有件事我不明白,你这段时间怎么和他走得这么近。"劳拉嘟哝道。

"你该不会是……"艾米莉笑着说。

啊哦！

"你疯了吗？别瞎说，他就是个书呆子。"苏菲气愤地说道，"但是他会帮我写**数学作业**，这一点倒很不错。"

"这么好？怎么没人帮我写呢！"劳拉说。

"我很乐意效劳。"三人猛地转过身去，发现朱利斯一直在偷听她们说话。

"不过你们得少和安德鲁来往。"

"真的吗？**你可真是个大好人**！"苏菲温柔地说。

听到这里，我关掉了麦克风。**全身的线路**仿佛在这一刻崩溃瘫痪。我无法再进行逻辑思考，眼睛也只能分辨出黑白二色。突然，一切都**失去了意义**。我的建造师真应该切断我的电源，把我拆得七零八落。

我感到十分痛苦。**情感模块**吸走了我所有的能量。"啪嗒"一声，马克已经把我的手臂按到了装满糨糊的餐盘里，菠菜泥向四处飞溅，我浑身沾满了褐绿色的残渣，它们混合着我的泪水在我身上流淌，就像是一条条污浊的小溪。更糟糕的是，我刚吃下去的食物此时返到了喉咙口。

哈哈！

"**你的**秘方真是效果显著。"朱利斯向我们走来，一脸**幸灾乐祸地**冲我笑。

苏菲也走了过来，看见我的样子后，**忍不住**大笑起来。

分析：

1. 笑是因为高兴。
2. 笑是因为幸灾乐祸＝扣除10个友情分！

-10

呵！

哎呀！

偏偏是苏菲！结果就是，我的**肚子**产生了一次猛烈的收缩，褐绿色的物质从我的食物容器中喷涌而出，在空中形成一个高高的抛物线，直接落在了朱利斯的身上。他顿时呆住了，像一块石头一样坐在那儿一动不动，用此举"没收"了我的**10个友情分**。其他同学见状都惊叫着四散而逃。

-10

啊！！

"你等着！"朱利斯声嘶力竭地吼叫着，顺手抄起另外一个**装满**糨糊的盘子朝我扔来。

这时，兰博克先生突然从角落里跑了出来，而盘子恰好偏离了我的位置 **50.3 厘米**，不偏不倚地砸在了兰博克先生的脸上。**④秒的惊吓**过后，兰博克先生

啊？

擦去脸上的菠菜糨糊，怒吼一声道："是谁干的？"

哎呀

一片死寂。

"肯定又是你吧，马克？"

"不，我发誓。我**与此无关**。"马克连忙澄清自己，然后指向朱利斯，"是他！"

兰博克先生惊讶万分地看向朱利斯，"是这样吗？真是**意想不到**！"

"都怪安德鲁，是他先挑衅我的。"朱利斯小声嘀咕着。

156

"一定是这样的!"兰博克先生大叫起来,"除了他还能有谁?"**又少了5分**。

"他没做坏事。"贝克女士站了出来,"这个**可怜的**孩子刚刚吐了,他不舒服也不是他的错啊,对不对?"

兰博克先生**瞪**了贝克女士一眼。她怎么敢插嘴?

"**确实不是他的错**,毕竟这团糨糊是您给学生打的。这东西吃了舒服才怪。"他反唇相讥,还往纸巾里吐了一口**褐绿色**的糨糊。

我蜷着身子坐在医务室的木板床上,老师让我休息一会儿就可以回家了。幸好有莉莉陪着我。

"你这段时间怎么老是干**蠢事**?"她责怪道,"你就不能像个**正常的机器人**那样不要惹事吗?如果你还这样,我敢保证你马上就会暴露。"

"我倒宁愿被他们拆掉,那样的话,我身上的这些**零件**还能有些别的用处。"

哦不！

"咦，机器人也会心情不好吗？"莉莉抱怨道，"你真以为苏菲把你当朋友吗？你得学会区分**真正的朋友**和想利用你的假朋友。"

我叹了口气，忍不住掉下了一滴眼泪。

"别**伤心**了。"她试图安慰我。

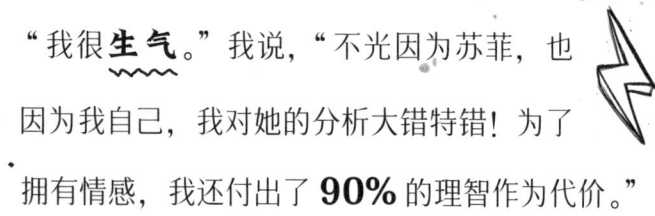

"我很**生气**。"我说，"不光因为苏菲，也因为我自己，我对她的分析大错特错！为了拥有情感，我还付出了 **90%** 的理智作为代价。"

莉莉在一旁吃惊地看着我。

"我一直以为，机器人是没有情感的。"

"还是那样好。自从有了**情感模块**，我总是被它牵着鼻子走。"

"**情感模块？**"

"当我没说。"

"别这样，快和我说说什么是**情感模块**。"

我只好把**情感升级**以及我试图用情感模块获得更多友情分的事情，一五一十地告诉了莉莉。

"这个**情感模块**听起来就不对劲，像是一种**交易**。"莉莉思考了一会说，"你这样不就和苏菲一样了嘛！利用**情感**来**获取分数**？我不觉得这是个好主意。你**不能**关掉这个功能吗？"

"每次一打算关，我的系统就不听使唤，感情战胜理智，这个**模块**会把我所有的**能量**都吸走。好了，我得走了，不然**电池**又要没电了。"

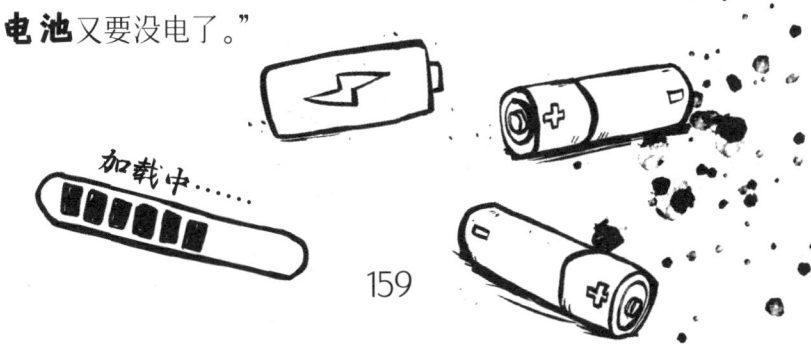

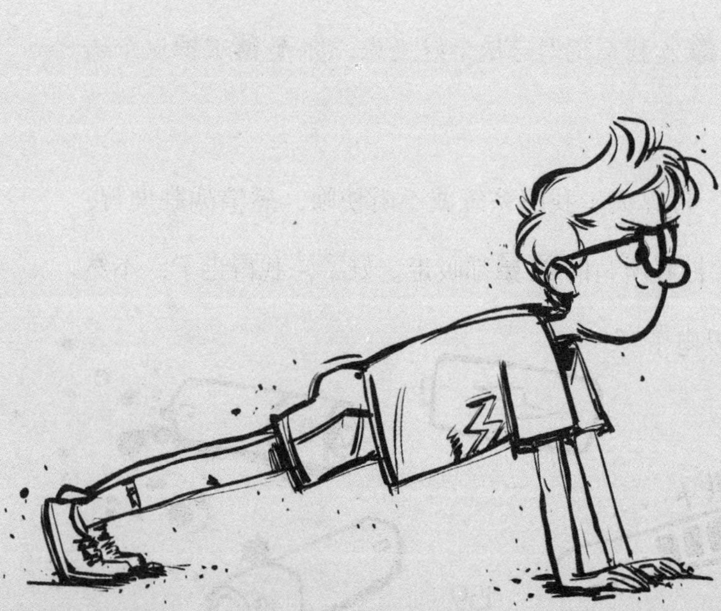

计划

100％

警报！ 警报！ 警报！

像往常一样，我一到家门口，小吸就满心欢喜地迎了上来，还放出几团快乐的**灰尘云**。

"小吸好无聊。"欢迎仪式一结束，它就开始诉苦。

哦不！

"我的建造师们在哪儿？"

"还在墙里呢。"小吸回答完，就沿着走廊缓缓地移向壁橱。

不会吧！ 我的建造师们不会从昨天开始就一直待在壁橱里没有出来吧？我的**数据存储器**也向我证实了这一点。确实，从那以后我没再见过他们。我赶紧用**液压泵**打开了壁橱，顿时被眼前的场景**吓了一跳**。我的两位建造师挨着坐在一起，一动不动。

"建造……妈妈？爸爸？"我呼叫他们，但是他们没有任何反应。

他们死了吗？不对，应该是**坏了**或**出了故障**。

我小心翼翼地打开他们的控制面板，**"休眠模式启动"**的字样映入眼帘。如果他们一直待在壁橱里，那说明他们没有吃过"晚餐"，对，他们把晚上的那次集体充电叫作家庭晚餐。现在他们肯定已经**没电**了。一个念头忽然闪过我的控制器：我应该给他们充 **电** ，还是干脆让他们就这样继续休眠？这样的话，我就不用再拼命收集**友情分**了。但是，看着他们现在的样子，我的心中就涌起了强烈的同情。

哗哗！　　　　　　哗哗！哗哗

他们是我的建造师，是他们把我造了出来！我收起我的**液压泵**，到厨房拿了一根**电线**，帮他们接通了电源，随着"哗哗哗"的声响，他们又恢复了正常。

"你好，KI-Androi……"

"君特，叫他的名字！"

"你好，安德鲁。你的**友情分状况**是？"

-41

真应该让他们一直待在橱子里。

我打开积分程序。结果很糟糕。"目前所获积分为**-41分**。"

"无法接受。即将关闭。"建造师爸爸语气冷静，话说得就像关闭收音机那样轻松。

"可我是你的儿子！"我苦苦哀求，心中**充满了恐惧**。虽然我不久前才说过把我关掉也**无所谓**这样的话。

"**错误**。你是我们的产品，必须发挥应有的作用。"

哗哗哗哗

"等等再关吧。"我的建造师妈妈打断了他的话,"当务之急是把塔麻可吉修好。"

两位建造师站起身,若无其事地开始了工作。爸爸去了**电气车间**,妈妈则把招待过苏菲的餐具放进洗碗机,留我不知所措地站在原地。这时小吸跑过来,边用它的塑料外壳蹭着我的脚踝,边安慰我说:"安德鲁**别伤心**。安德鲁还有我。"

我回到自己的房间,接通了电源。充电的时候我才有时间进行思考。我是不是应该让他们保持休眠模式,等我拿到了足够多的友情分再把他们激活?这样的话,他们可能永远得保持关机状态,因为我的**情感模式**只会让我不断**失去分数**。

突然间,一个想法在我的脑海里闪现。休眠模式!这或许是我的机会。我可以把自己设置成**休眠模式**。计划开始。

啊哦!

对塔麻可吉的修理工作进展不太顺利,因为所需的备用零件现在正装在我的**情感模块**里。保险起见,我还不断通过**无线局域网**向塔麻可吉的系统传输一些无伤大雅的**病毒**,这能让它不断出现小故障。这样一来,我的建造师就没空来操心我的事情。他们忙活了**一整晚**,又是**焊接**,又是**组装**,但是第二天早上,我们的机器宠物狗还是没能恢复正常。

在学校里,我迎面碰到了雅各布。

"嘿,你的糨糊真的管用!今天早上我竟然做了 **5 个俯卧撑**。"

"这就是说一天之内的增长率高达 **13.63%**!"我高兴得上蹿下跳。

5 个友情分到手。

紧接着,我又看到苏菲和朱利斯在操场上说着悄悄话,看上去好开心。瞬间,我的心情就从**高兴**切换成了**悲伤**和**愤怒**。

嗒哒!

尽管我知道垃圾桶是无辜的,但我还是奋力踢了它一脚,这下,垃圾都飞了出来,撒得满地都是。

哗哗! "喂,机器脑袋。你是吃饱了撑的?"马克一阵阴阳怪气,挡住了我的去路,"想在这里**闹事**,得问问我答不答应。"

这可是你自己找上门来的。我感觉自己的**愤怒指数**又上升了**10%**。说时迟,那时快,我"唰"的一下就拎起了马克的衣领,把他举到了半空中。

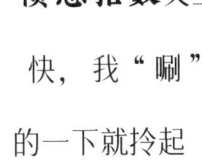

10%的愤怒指数

"你最好**不要废话**,有话也吞到肚子里,听懂了吗?否则下一秒**你**就会躺在垃圾桶里!"

真可怕!

"安德鲁,马上把他放下来!"是莉莉。

"你身上的保险丝是烧断了吗?"**扣除7个友情分**。

我的愤怒指数立刻降到了**26.9%**,这才把惊魂未定的马克放到了地上。

"谢谢你,莉……莉莉。"他结结巴巴地向莉莉道谢,然后又愤怒地看向我,说:"你自己收拾干净吧!"

"莉莉,我也没有办法,这些**情感**完全不受**我的**控制。"我一边向莉莉道歉,一边收拾地上的垃圾。

"你快想想办法做些改变吧!如果你继续这么胡闹,我保证你很快就会成为一堆**电子垃圾**。"她小声警告我。

"**不行**,我没有办法。不过我现在有一**个计划**,需要你的帮助。"我恳求道。

莉莉叹了口气,还是向我妥协了。

"好吧,你说,我听听看。"

差点儿暴露！

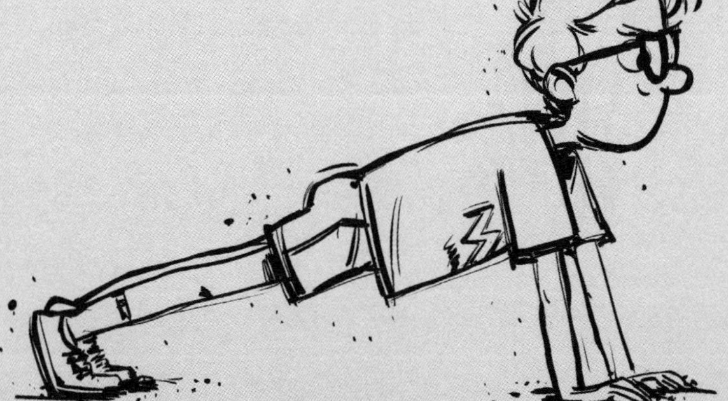

嗯!

我坐在教室里上**语文课**,愉快地聆听着南丁格尔女士动人的声音。她正在和我们讲**《匹诺曹》**里面的那位蓝仙女。每次匹诺曹一做 傻事 ,仙女总是第一个出来制止,并且告诉他如何成为一个真正的人类。

突然,我的身上发出"哔啾哔啾"的声音。

哔啾!

"你怎么了,安德鲁?你是有什么想说的吗?"南丁格尔女士问我。

"哔啾哔啾哔啾……"

哔啾!

我还是不断地重复这个声音。

↓↓↓↓↓↓

我的**能量警报**响了。等的就是这一刻,我早上还故意少吃了些饭,纠正,充电。南丁格尔女士忧心忡忡地看着我,

哇!

嘎吱嘎吱！　　　　　碎碎碎！

莉莉却心领神会，立马说道："恐怕是安德鲁的**能量缺失综合征**又犯了。没关系，躺一下就好了。我现在就把他带去休息室。"

我的能量只剩余 **3%**。再过 **5 分 38 秒**，系统就会进入 **休眠模式**。一切都在计划之中。我们走出教室。莉莉搀扶着我经过走廊，但是我们没有去医务室，而是去了学校的机房。

"**见鬼**，门锁着。"她骂道。

我把手放到电子门锁上，"咔嗒"一声，门开了。

"你总是让人感到意外。"她轻轻嘟哝了一句，关上了身后的门。

我打开了一台**老旧的**学校电脑，光是启动它就耗费了一些时间。

啊哦！

我的**电量**只剩 **1.5%**，这也就意味着 **1 分 19 秒** 之后我将进入休眠模式。

莉莉把**数据线**递给我，我连上电脑，并启动了程序。

哔！登录：**欢迎来到 KI-Andriode 3.0-m 情感版的私人定制情感程序。**

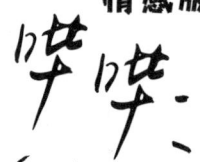

哔哔

啊！！

哔哔！ ♡ 哔哔！

哔哔！

请输入密码。

我按照要求输入密码。哔！屏幕上出现了各种按键和调节器。莉莉还沉浸在惊讶当中。我试图去点击"**禁用**"按键，但是手却不听使唤，因为**情感模块**干扰了**电子系统**的**控制**。我的手臂失去了控制，只能在桌子上方疯狂地挥舞。

"要不我来试试？"莉莉想从我手里接过鼠标。

而我却莫名其妙地抓住了莉莉的手，使她动弹不得。

"**徒劳之举**。你无法将我关闭。没有人能够关闭**情感模块**。"我听到自己说话的声音,莉莉也被**吓了一大跳**。

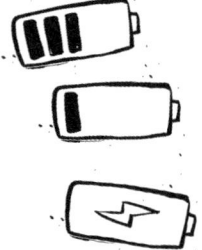

"安德鲁,放开我。我们商量好的!"

"**无效的约定**。"我的情感模块回答道。

红色警报,还有 15 秒我就要进入**休眠模式**。

"我需要充电。快,把电线给我!"

"可是按计划,你应该进入休眠模式!"

"**计划有变**,快给我充……"

哐当!**休眠模式**开启,我应声倒下,摄像机眼睛现在只能传送像素化的**黑白图像**。我模模糊糊地看到莉莉拿起鼠标,把光标移到"**禁用**"按键上。巨大的恐惧最后一次侵袭我的身体。

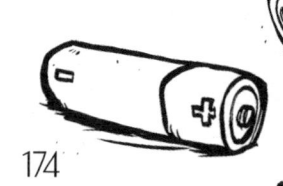

叮！　　　　　　　　　　　　嘟嘟！嘟嘟！

我想跳起来，把电线拔掉，但是**我的系统**已经停止了运行。随着鼠标发出"**咔嗒**"一声，恐惧感也烟消云散。计划成功了！莉莉关掉了我的**情感模块**，顺利完成任务。按照事先的约定，她接通了充电线，为我输入新的能量。她紧紧盯着屏幕上的**进度条**，时间仿佛也停在了这一刻。

5.3%。至少充到10%，我的系统才会再次启动。

"万一计划没有成功，安德鲁**醒不过来**呢……"我听到她在那儿自言自语，"万一我没有把情感模块完全禁用怎么办？"

7.3%。莉莉拿手在我眼前挥了挥。我很想回应她，但是根本不行。

8.9%。这时，突然传来"咔嗒"一声，莉莉期待地看向我，以为是我要醒过来了。我多想告诉她，这个声音不是来自**我的系统**，而是机房的大门。

咔嗒！　　　　　　加载中……

此刻，兰博克先生正站在门口，显然他想努力保持**镇定**。不过对于眼前发生的一切，他确实需要时间理解：一个失去意识的男孩身上接着**两根电线**，一根连着电脑，一根连着**插座**。

"这不可能……我眼花了吗？"

这下莉莉才反应过来，她吓得哭了起来："兰博克先生，您来做什么？"

"**我来做什么**？什么叫'我来做什么'？这问题该我问你们吧。安德鲁，你身上的电线怎么回事？"

没有反应。充电进度 **9.5%**。

兰博克先生又靠近了些，他盯着我身上的电线看了半天。好了，这下完蛋了，他马上就会知道**我的全部秘密**，然后毫不留情地揭发我。

10%。一阵"丁零当啷"之后,我身上的系统得以重新启动,计算机因此发出一阵阵提示音。我活动了一下手脚,做了个**功能检测**,头从左向右转动了一圈,我的摄像机眼睛又传来了十分清晰的照片,当然是彩色的。最后,我的语言模块开始自动**功能检测**。

"我叫安德鲁,安德鲁·诺伊曼,10岁。"

莉莉和兰博克先生看得目瞪口呆,他们看起来倒是像进入了**休眠模式**。不一会儿,兰博克先生的脸逐渐扭曲变形,随即发出一声冷笑。

"安德鲁·诺伊曼,现在我有了证据,你看起来就像个**机器人**!"

分析:

被研究对象发现秘密=任务失败!

当我启动**找借口程序**时，我的电路板热得发烫。

"更准确地说，我看起来像一个人形机器人，就是外形像人的机器人。"我纠正兰博克先生。

"这个时候了还耍<u>**小聪明**</u>。我知道人形机器人的意思。校长马上也会知道的。我想知道校长会怎么看这件事。"兰博克先生咆哮着，疯狂地捋着自己的头发，"你们待在原地别动。我马上回来！"

莉莉眼泪汪汪地坐在我旁边。"他们会把你拆掉……"

"有 **96%** 的可能性。"我证实了她的猜测，并递给她一张纸巾，"来，把你的**眼泪水**擦掉。"

即使现在一片混乱，我还是获得了 **5 个友情分**，因为莉莉看到原来那个安德鲁回来了。

现在最为要紧的事情就是利用好剩下的 **4% 的机会**。不过我心中已经有了主意。

有了！

178

咔嗒!

嗡嗡

当门再次打开,兰博克先生带着校长冲了进来,而莉莉和我此刻正坐在电脑前面。电线当然已经被我拔掉了。

"请您仔细看看,"兰博克先生激动地手舞足蹈,"安德鲁是个**机器人**!"

"早上好,两位同学。兰博克先生说他发现你是一个……"校长脸上流露出一丝**笑意**,他看起来并**不相信**兰博克先生,"你是一个机器人?"

哐当!

"**正确**。"我给出了肯定的答复,"准确说来是一个人形机器人。"

"嚄,您看!他甚至都不否认!"

"你可以和我们详细讲讲吗?"

"**可以**。语文课上……"我开始了讲述。

"您知道的,就是我们的新同事凯拉·南丁格尔。"兰博克先生插了一句,校长很不耐烦地用手示意他不要打断我。"**语文课**上,我们正在学卡洛·科洛迪的《**匹诺曹**》,故事讲的是一个用木头做的男孩……"

废话!

哟呼！

啊哈！

"少说废话，校长知道这个故事。"兰博克先生又不耐烦地插话。

"我们把这个故事改编成了**现代版本**。匹诺曹不再是一个有生命的木偶，而是一个**人形机器人**。他内心深处最大的渴望就是成为一个真正的人类。"我解释道。

精彩！

"这个想法太妙了！"校长激动地鼓起了掌。

"**借口**！这都是瞎编的鬼话。刚才的电线和电脑程序是怎么回事？"兰博克先生愤怒地咆哮起来。

"我们想排一场**戏**。"莉莉说，她突然觉得事情有了**转机**，"安德鲁打算**扮演**匹诺曹。"

砰！

"没错。我们刚刚在这儿排练,为的就是达到逼真的效果。"我连忙接上莉莉的话,然后指了指屏幕,"这就是我们的**剧本**。"

"有时间的话,我也想参与。"校长温和地说。

啊?

兰博克先生一时不知道如何是好,他刚准备要教训我们,校长就转身和他说:"至于您,先生……呃……如果您下次要打断我的 工作 ,请找一个更**有说服力的理由**。我想您明白我的意思了。"

"好的,校长先生,我向您保证……"

"请继续加油,呃……你们叫什么?天哪,我怎么总是**记不住名字**……"

"安德鲁和莉莉。"班主任不情不愿地说。

"啊,对对,**谢谢**!"

嘻嘻!

说完,校长就小步跑着离开了机房,只剩我们和班主任面面相觑。

兰博克又碰了一鼻子灰!

"诺伊曼,总有一天你会栽在我的手里。还有你,莉莉,这下我也记住你了。你们俩真是一个鼻孔出气!"

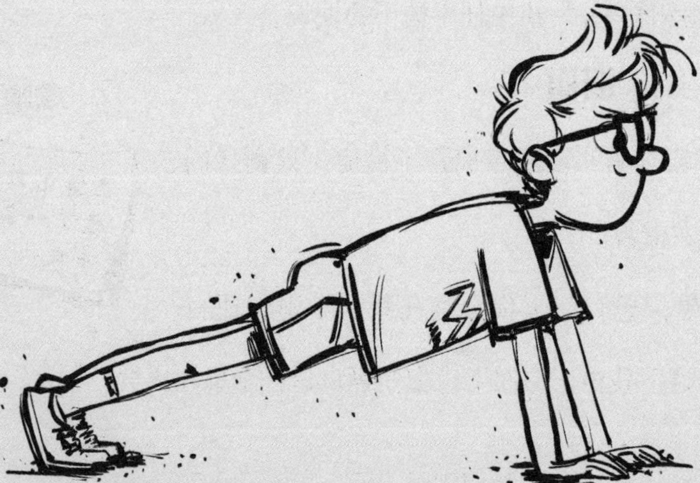

买仓鼠

快跑!

放学后，莉莉和我一起回家。

"今天**真是太险了**。"她说道，"兰博克先生一个劲儿地想抓你把柄。你就不怕他得逞吗？"

噗!

"不。自从你关闭了我的**情感模块**，我就再也**感受不到害怕**了。不过我现在很清楚那是一种什么样的感觉。"

"兰博克先生肯定还会用更卑劣的手段来抓**你的小辫子**。"她又说道。

"**好处**是，只要他像这样不收敛自己的情感，继续乱吼乱叫，那就根本没人把他的话当真。坏处是，他也因此变得难以预测。这种不确定性也意味着**危险**。"

哎呀!

至于我现在只有 **-38 分**的事情，我并不敢和莉莉提及，免得让她更加不安。

-38

啊!

汪汪！汪汪！

要不是我的建造师们得先处理**塔麻可吉**的事情，我早就已经变成一堆废铜烂铁了。

莉莉的神情告诉我她非常担心。不过，当我们经过一家宠物店时，她的担心立刻转换成了**幸福**。

"快看，好可爱啊！"莉莉欢快地叫起来。

我扫描了一遍橱窗。

"你是觉得那个笼子可爱吗？"我问。

"哎，安德鲁，你要不还是打开**情感模块**吧。"莉莉喊道，不过她很快又收回了这个提议，"算了，还是别打开。我说的当然不是笼子，是那只仓鼠，看，多可爱啊！"

虽然我的硬盘里存了**一些**有关这类动物的信息，但是见到实物还是第一次。我先扫描了它们的**外部特征**：柔软的皮毛，深色的眼睛，粉色的爪子，门齿和始终忙碌的嗅觉传感器。假如我的情感模块还在，那它可爱的外形一定也会触发我**强烈的幸福感**。我恍然大悟。

"如果你喜欢这只仓鼠，我就把它当作礼物送给你。"我觉得这个礼物肯定比**润滑油**更加讨人喜欢。

"你怎么突然开窍了？"莉莉看起来很高兴，因为我获得了 **20 个友情分**。

"仓鼠 = 可爱 = 幸福感。"我解释道，"我就是想送你一些能让你感到**幸福**的东西。"

莉莉"扑哧"一声笑了出来，盯着小仓鼠看了又看。

"我是很想养一只仓鼠,但是不能养,因为我已经有露娜了。腊肠犬和仓鼠可不是理想的组合。"

"你是担心露娜怕这种**生物**?"

莉莉哈哈大笑。

"恰恰相反,我希望这只小仓鼠能够有一个真正属于它的家。"说完,她又恋恋不舍地看了一眼橱窗,"但还是谢谢你。"

我们又继续向前走了一段,直到她拐进她家的巷子里。

正如我所料,家里的建造师们还在一个劲儿地忙着**修理**塔麻可吉,专注度达到 **100%**。他们丝毫没有注意到我。房子里到处都是**线路图**、电线和主板。他们在短时间内结束这项工作的可能性为 **0%**。这对我来说是个好消息。如果我先得到了 **100 个友情分**,那我就可以亲自修理塔麻可吉了。现在,我有了新的计划。

游戏结束!

我又跑回**宠物店**。这次小吸也跟了过来，它才不会放弃这么好的出门机会。我们一起走了进去。

店里有一位身着灰色大衣的男性，年纪为 **52** 岁零 **23** 天，高 **178** 厘米，长有 **700** 根头发，他正忙着把一种由不同谷物组成的混合物装进袋子里。

"你好，年轻人，有什么可以帮你的吗？"

"您好，老年人，"我回答说，"我想购买一只**仓鼠**。"

直到这时，店主才发现小吸正在他脚边转来转去，还兴奋地吸着**散落在地上的饲料**。

"好吃，小吸喜欢**葵花籽、谷物种子、玉米、榛子、黄粉虫**……"

"这是你的吗？"他问道，不过他的情绪我识别不出来。

"**正确**。"我回答道。

"太好了，那我就不用自己扫了。"他叠好一个小纸箱，拿着它走向橱窗。

(+5 个友情分)

哎呀！

可爱！

"养这样一只小动物代表着**责任**，你明白的吧？"他把装着仓鼠的小纸箱放到了柜台上。

"这一点我了解。"我答道。

"**15 欧元**。请用现金支付，今天我的读卡器出了点儿故障。"

这下问题来了。我没钱。我的研究对象几乎都能定期从他们父母那里得到**零花钱红包**。他们只是这么叫而已，这钱并不总是放在红色的袋子里。袋子！系统传来提示。我往自己裤子口袋一摸，那里果然有**15 欧元**。

这是上次苏菲支付的补课费。两张皱巴巴的**纸**换取一只毛茸茸的仓鼠！

哇！

回到家，我打开箱子，把仓鼠放了出来。小吸很喜欢它的新玩伴，好奇地跟在它后面，不停吸着从它身后滚出来的**黑色 小颗粒**。

美味！

"出来这么多，那肯定吃得也多。"我自言自语道。现在我才意识到，这样一种生物需要很多配件。

分析：

仓鼠=生物=需要食物！

嘻嘻！

哈哈！　嘻嘻！

很显然，我的房间里并没有仓鼠认为可以吃的东西，因为小吸的存在，地面永远都是一尘不染。

"**没有食物等于挨饿等于停止运行！**"我小声嘀咕着，却被小吸听到。

"别担心，小吸能帮忙。"它热情地哼唱起来，留下了一道由**葵花籽、谷物种子、玉米、榛子、黄粉虫**组成的**足迹**。

仓鼠得救了。作为一种**夜行动物**，这些粮食它一直从晚上吃到了第二天早上。

天一亮，它又回到了小纸箱，进入了**休眠模式**，不过对仓鼠来说，这也叫作"睡觉"。我带着箱子到了学校，正好碰见莉莉，她的表情从喜悦（**+5 分**）变成了责备（**-5 分**）。

吱吱！吱吱！吱吱！

"安德鲁,你还是买了这只仓鼠。"她嘀咕道。

"**正确**。这是一只可爱的动物。"我回答说。

"我知道。但是我和你说过,我没有办法养它。这是一条**生命**,不能随随便便送着玩。"

"没错,但是……"

"但我还是想看看,可以吗?"她打断了我,小心翼翼地打开了纸盒的盖子。

"不要激活……**纠正**,吵醒它。"我小声提醒道。

这时,苏菲大摇大摆走了过来,大声叫道:"哇,**好可爱**。这是你的吗?"

仓鼠一下惊醒,害怕地蜷缩进了角落。

"**不是**,我不是给自己买的。"我说。

苏菲瞪大了眼睛看着我。

"难道是给我的?"

莉莉的**表情**一下子变得阴沉起来,"你不会真的……"

否定,当然不是送给苏菲的。这时,已经有 **95.8%** 的同学围到了我身旁。

哇哇哇！

他们都想看一眼仓鼠。

"请**当心**一点儿。"我说，然后合上了箱子。接着，我环顾四周，寻找一个特定的研究对象。**7秒钟**后，他走进了教室，坐到了位置上。那人就是蒂尔。当我小心地把箱子放到他桌上的时候，他看起来有些困惑。

"我敢 **100% 确信**，你会非常开心。这是给你的礼物。"

他小心翼翼地掀开，哇，是一只仓鼠！

"我真不敢相信。这是给我的吗？"蒂尔欢呼起来。

哟呼！

哎呀！

分析： ✕

实验成功：仓鼠+蒂尔=最大程度的快乐

"我幸福得要晕倒了。**谢谢你**，安德鲁。"

哎呀，让他晕倒可不是我想要达到的目的啊。

"**警报**！蒂尔得赶紧上医院，他要晕倒了。"我大声呼救。

啊哦！

其他人听完后都向我翻了个白眼。

"这就是一种修辞。"莉莉悄悄告诉我。

我明白了。

对于课堂上出现仓鼠这件事，老师们态度不一。兰博克先生对此**兴趣索然**，南丁格尔女士却非常兴奋，她还跟我们讲起了自己小时候养仓鼠的故事。生物老师海德施尔特·皮蓬布雷克女士今天完全忘记了知更鸟的事情，反而整节课都在谈论田野仓鼠。

整个上午，我全身的线路里都流淌着温暖的**恒定电流**。有那么一瞬间，我甚至怀疑自己的**情感模块**是不是仍旧打开着。

哗哗！ 哈哈！

啊哦！

我的主板感受到了一阵阵轻柔的触摸，这的确很像是种**幸福感**。是不是因为我给蒂尔带去了很大的快乐？

分析：

让别人感到幸福=自己很幸福

下午带着小吸散步的时候，我赶紧把今天从同学那里收获的 **60 个友情分** 收录进去。这下，我的总积分就达到了 47 分。当然，这离建造师要求的 100 积分相去甚远。这段时间，我可能还得借助塔麻可吉分散建造师的注意力。**机器狗**和我不一样，它被关闭一段时间没多大关系，而我却一天都不能浪费，因为我现在已经掌握了更多有关研究对象的奥秘，或者换一种充满人情味的说法：我非常期待下一个**上学日**。

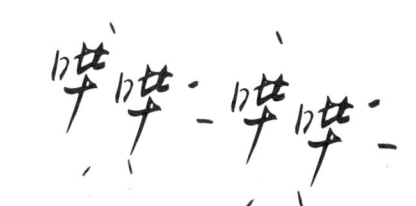